A Ilha dos Cães

Rodrigo Schwarz

A Ilha dos Cães

BERTRAND BRASIL

Capa: Raul Fernandes

Editoração: DFL

2005
Impresso no Brasil
Printed in Brazil

CIP-Brasil. Catalogação-na-fonte
Sindicato Nacional dos Editores de Livros, RJ

S428i Schwarz, Rodrigo
A ilha dos cães/Rodrigo Schwarz. – Rio de Janeiro: Bertrand Brasil, 2005.
128p.

ISBN 85-286-1123-X

1. Romance brasileiro. I. Título.

05-1026
CDD – 869.93
CDU – 821.134.3(81)-3

EDITORA BERTRAND BRASIL LTDA.
Rua Argentina, 171 – 1º andar – São Cristóvão
20921-380 – Rio de Janeiro – RJ
Tel.: (0xx21) 2585-2070 – Fax: (0xx21) 2585-2087

Para meus pais, Lauro e Zenira, pelo amor incondicional.
E para a minha querida Fernanda.

Já com a corda no pescoço, João do Mato ouviu um assovio entre os galhos. Ergueu o rosto. Descobriu Cosme com o livro fechado.

— Conta como termina — pediu o condenado.

— Lamento dizer, João — respondeu Cosme —, Jonas acaba pendurado pela garganta.

Italo Calvino, *O Barão nas Árvores*

Capítulo 1

Todos que conheciam Richard Burton já tinham ouvido sua confissão de que a Inglaterra era o lugar no mundo em que menos se sentia em casa. Havia dito essa frase para aventureiros e pesquisadores que encontrara em suas expedições ao redor do globo, expressando seu desencanto pelo Reino Unido em todas as 25 línguas e inúmeros dialetos que dominava. Sendo assim, o sorriso de Burton na proa do Polka Tulk, navio que há três dias zarpara de Santos com destino à Inglaterra, causaria espanto nas pessoas que conheciam a repulsa do aventureiro por sua terra natal.

Burton também odiava o Brasil, onde estava morando desde 1865 até agora, o ano de 1868, ocupando o cargo de cônsul. Não entendia como era tão difícil conseguir recursos e voluntários para suas expedições em busca da nascente do Nilo, enquanto milhares de pessoas vinham para este buraco. Uma nação que estava sendo construída com ingredientes europeus de péssima lavra. Se em parte o que tornava a Inglaterra tão desagradável para Burton era o seu próprio povo, no Brasil, ele descobrira que a Grã-Bretanha só não era pior porque os ingleses mais irritantes haviam sido enviados para essa ex-colônia portuguesa e para a América do Norte. Conterrâneos inoportunos, com os quais Burton precisava lidar constantemente.

O Brasil não era para alguém como o aventureiro. Afinal, ele fora o primeiro ocidental a oferecer um relato detalhado sobre Meca e a vida dos muçulmanos, empreitada que era tida como suicida. Fora o primeiro ocidental a pisar na cidade africana de Harar sem ser executado. Além de ter descoberto o Lago Vitória, na África Central, desbravara vários lugares — onde, mesmo não tendo sido o primeiro a chegar lá, ninguém antes havia escrito nada a respeito —, principalmente em seu estimado Oriente Médio, que tanto destoava do Brasil.

Burton não tivera escolha. O trabalho consular fora a solução encontrada para findar a longa e estagnada carreira no exército da Companhia das Índias Orientais.

Sua verve de explorador nunca havia sido vista com apreço por seus superiores. Muitas vezes sua obsessão em desvendar os costumes das culturas exóticas que conhecia acabava esbarrando com os interesses — e prazeres — ingleses. Em 1845, trabalhando como oficial da inteligência inglesa na Índia, foi-lhe dada a incumbência de investigar os bordéis homossexuais em Karachi. Disfarçado de mercador muçulmano, elaborou um relatório explícito sobre o assunto. O jovem Burton não omitiu que grande parte dos freqüentadores eram oficiais britânicos.

Seu relatório revelou inimigos que o perseguiriam durante toda a vida, sentenciando-o à perpétua patente de capitão. Não bastando isso, seus esforços para divulgar na Europa a literatura erótica do Oriente, em plena era vitoriana, tornaram-no um pária aos olhos de parte da sociedade inglesa. Mesmo correndo risco de ser aprisionado, ele traduziu e publicou secretamente o *Kama Sutra* e *As Mil e Uma Noites.*

Mas agora, graças aos esforços de sua esposa Isabel, que viajara até a Inglaterra, ele seria transferido para o posto de cônsul em Damasco. Alguns dias em Londres, depois uma visita a um tio enfermo em Birmingham, e então voltaria para uma cultura com os mistérios necessários para arvorar novamente seus instintos de explorador. Burton também voltava a sentir o ânimo necessário para começar um projeto urdido há muito tempo.

A depressão que tomara conta do aventureiro no Brasil bloqueava o processo de criação do romance que pretendia escrever. Seria um épico, uma obra que se igualaria ao *Paraíso Perdido*, de Milton, ou até mesmo, ousava Burton, a um livro que faria frente a *Os Lusíadas*, de seu tão idolatrado Camões. Essa última comparação chegava a constranger Burton, já que seu ofício como tradutor do escritor português havia sido uma das únicas coisas que não tornaram sua estada no Brasil uma total perda de tempo. As traduções de Camões também atenuavam os porres do aventureiro, que vinham acontecendo com freqüência desde que chegara a Santos.

Outro bom momento na ex-colônia de Portugal fora a viagem que efetuara sozinho pelo Rio São Francisco, descrita no livro que publicara antes de deixar o país, *O Planalto do Brasil.* Essas eram lembranças que o alegravam.

A felicidade de Burton começava a ser infiltrada por pensamentos temerosos. O nimbo que surgia à frente do navio o preocupava. Tendo enfrentado incontáveis tempestades em alto-mar, sabia que a que estava farejando o Polka Tulk era uma das grandes. E a embarcação não figurava entre as obras-primas da indústria naval.

Mas o que realmente o inquietava era ter constatado, no momento do embarque na nave, não haver nenhum escaler disponível. Ele escolhera o Polka Tulk porque era a única embarcação a vela que zarpava para a Inglaterra naquela semana. Não quisera viajar num navio com motor a vapor. Apesar de esses últimos ganharem em celeridade, o inglês não dispunha da paciência para suportar as inúmeras escalas para reabastecimento de carvão e, muito menos ainda, para tolerar durante vários dias o cheiro do combustível queimado.

Além disso, a fumaça do carvão lhe traria lembranças da Inglaterra, da insalubre Revolução Industrial que marcara sua infância. Os vapores da caldeira antecipariam aos seus olhos a visão das "negras, satânicas usinas", que encrostavam as margens do Tâmisa, como William Blake descrevera décadas atrás.

A tempestade ainda era somente uma promessa quando Burton percebeu alguém vindo em sua direção. Gostou tanto da visão quanto havia apreciado vislumbrar as nuvens negras no céu. Ele odiava conversas. Principalmente com estranhos esboçando sorrisos forçados, como era o caso do homem que se aproximava.

Levando em conta o grande número de expedições das quais participara e de livros que lera, Burton surpreendia-se com sua inabilidade para entabular conversações. Invariavelmente, via-se desprovido de assuntos ou de uma maneira de encaixá-los no diálogo. Conversar, para ele, era como dispor de milhares de soldados, sendo possível levar apenas uma dezena para a guerra; e nunca a tropa de elite. Talvez por isso fosse um exímio espadachim. Dialogar era desconfortável, ingrato demais. A menos que a pessoa não falasse a sua língua.

O estranho já estava ao lado do inglês. Tentando mostrar-se ocupado, Burton retirou do bolso de seu escuro paletó de alpaca uma folha dobrada. Ali estava o esboço que fizera do primeiro parágrafo de sua obra. Gostaria de ter redigido mais linhas, mas os preparativos da viagem haviam dilapidado sua concentração nas semanas que antecederam o embarque no navio. Orgulhoso, correu os olhos sob o rascunho, segurando-o com força.

Como se embainhasse seu sabre, após uma árdua vitória, Burton tentou recolocar o papel no bolso, ao término da leitura, mas o vento tomou a folha de seus dedos, carregando-a para o mar.

Admirando o espetáculo lúgubre que era armado em torno do Polka Tulk, o estranho permanecia próximo ao aventureiro. A forte ventania desfigurava suas feições, fazendo seus cabelos compridos colidirem com o orgulhoso bigode de Burton. Enquanto o peso do estranho mantinha-o colado ao piso, Burton, desprovido de pelo menos um terço da massa corporal de seu companheiro involuntário, brigava com o vendaval.

Impulsionado pelo vento, o pingente que o homem carregava no pescoço atingiu o olho esquerdo do inglês. Sem poder retirar suas mãos da amurada, Burton freou o impulso de levar os dedos ao local do impacto. Com o olho saudável pôde ainda fitar o objeto que lhe infligiu dor.

Era difícil distinguir a forma do pingente. O sol estava oculto pelas nuvens, e a água salgada que se chocava contra o rosto de Burton enevoava mais ainda sua já comprometida visão; contudo, por uma fração de segundos, pôde vislumbrar no colar do estranho a imagem de um cão.

Burton olhou para o desconhecido. Teve a impressão de que iria dizer alguma coisa, mas ele poderia esvaziar os seus pulmões à plena força que não conseguiria ser ouvido, graças ao poderoso trovão que explodira naquele pedaço do Oceano Atlântico. Apesar de intensificada a força do vento e das ondas, Burton continuava agarrado à amurada. Seu colega na tragédia debatia-se ao lado.

O Polka Tulk singrava pelo mar qual um animal indômito, subjugando, por fim, o equilíbrio do inglês, fazendo com que batesse o rosto na madeira do convés. A chuva aterrissava com violência nas costas de Burton, e seus joelhos derrapavam no piso alagado, mas, mesmo assim, ele conseguiu erguer-se.

Ao olhar para o oceano, vislumbrou uma onda gigantesca prestes a se chocar contra a proa da embarcação. Antes que ela golpeasse a nave, Burton engalfinhou-se na amurada e, em seguida, pareceu-lhe que estava sendo dragado para o fundo do oceano, tamanho o volume de água que o envolvera.

Após o impacto, Burton passou a perscrutar a parte externa do navio. Não tardou a detectar um rompimento no casco do Polka Tulk, bem como alguns tripulantes debatendo-se no mar. Surpreso, deu-se conta de que o estranho continuava ao seu lado, com os olhos injetados de pavor.

O aventureiro também estava com medo, mas, como em outras situações de risco pelas quais já passara, era o único a perceber isso. Provavelmente, já havia sentido mais medo que qualquer outra pessoa que conhecera. O que o diferenciava era a habilidade de manter-se funcional, quando imbuído daquela sensação. Na África, ficara frente a frente com leões e elefantes feridos. Também já estivera várias vezes à mercê de beduínos de reputação duvidosa.

Sempre que entrava numa enrascada irremediável, já se dava como morto. Destinado à morte, o que havia de errado na ação dele no navio naquele momento? Burton largou a amurada e caminhou em direção à casa de convés na proa da nave. Já estava realizando dois feitos com pouca probabilidade de êxito: movimentar-se e achar uma direção no meio daquela intempérie.

Burton removeu um machado da parede da casa de convés. Com a ferramenta em punhos, retornou ao seu lugar. Estava novamente próximo ao estranho. E o que o estranho tinha ao seu lado era a demência. Como mais ele poderia caracterizar os atos do inglês, já que ele havia se tornado um aliado da tempestade? Com seu machado, destroçava o convés da embarcação.

Só que Burton não era um louco, apenas um homem morto. De que forma os últimos atos de um condenado podem ser submetidos a julgamento? Não seria possível cometer mais um pecado em pleno juízo final. E se era inútil tentar arrumar um pedaço de madeira que o permitisse ficar à deriva por dias em alto-mar antes de ser atirado de mãos vazias para longe do Polka Tulk, a tripulação inteira parecia estar condenada; não sobraria ninguém para testemunhar que morrera como um tolo.

O navio já começava a afundar, quando Burton agarrou um dos braços do estranho, arrastando-o para a beirada do barco. Pretendia pular junto com ele, mas o outro se desvencilhou, tomando distância. Sem ter mais tempo a perder, Burton lançou-se com suas tábuas na água.

O estranho não demorou a perceber que o plano insano do inglês prometia mais que sua atual posição. Reconhecendo haver um método no ato insensato de Burton, pulou no mar, o mais próximo possível da jangada improvisada. Caiu a poucos metros dela; contudo, em razão das águas turbulentas, era grande a distância. O aventureiro esticou o máximo que pôde seu braço direito para recolher o homem, sem sucesso. Afastavam-se cada vez mais.

Burton ainda enxergava o estranho, perto da porção do Polka Tulk que não havia submergido. Viu quando o mastro principal desmoronou em cima dele, perdendo então contato visual com o pobre-diabo. Não conseguia ver mais ninguém próximo o suficiente para ser salvo. Se os olhos falhavam, os ouvidos infelizmente estavam atentos. Os gritos de desespero não cessavam um segundo.

Instantes depois, Burton novamente era capaz de divisar o estranho em meio àquele caos. Caso a força do mar não reaproximasse os dois, nada poderia ser feito para resgatá-lo. Apesar de contar com uma excelente condição física para os seus quase 50 anos, o inglês sabia não ser possível lutar contra as águas. Levado por uma onda, o homem ficou ao lado das madeiras. Burton tentou puxá-lo de novo, com dificuldade, pois o estranho era bastante gordo.

Esforçando-se para não desgrudar das tábuas, cravou os dedos no ombro dele. Já podiam manter contato olho a olho. Nesse momento, percebeu que o desconhecido estava com a face ferida, sangrando bastante. Procurou pelo pingente em forma de cão, mas o colar do estranho havia desaparecido.

Enquanto ele e Burton eram carregados dali pelas águas coléricas, podiam ouvir o som dos trovões e das ondas chocando-se contra os restos da embarcação. O pranto de dezenas de tripulantes apenas tonificava o estertor do Polka Tulk.

Capítulo 2

Estamos há meses nesta ilha. Sete meses. Não registro mais a passagem do tempo no tronco de uma palmeira próxima a minha cabana, com a faca que estava junto comigo quando irrompeu a tormenta. Mas só há três dias que abandonei o calendário improvisado. Então, mesmo não me preocupando mais em contar há quantos pores-do-sol estamos aqui, ainda não perdi a noção do tempo. Sete meses, estou certo disso. O suficiente para meu bigode ser invadido e incorporado a uma gigantesca barba.

Também sei que após o naufrágio levamos dois dias para avistar esta ilha. Eu avistei, já que meu amigo não poderia realizar essa tarefa. Agarrados nas tábuas retiradas da embarcação, remamos em direção à praia. Além de nós dois, mais nenhum tripulante do Polka Tulk chegou até aqui. Nem mesmo os seus corpos. Fomos os únicos sobreviventes, acredito.

No começo, essa ilha não era a prisão que é agora para nós... Para mim. Devido à euforia de ter trocado a morte no mar por terra firme, levei algum tempo para perceber a minha condição de náufrago. Então me dei conta de que continuar vivo significaria aceitar a impossibilidade de todos os meus planos até o momento do naufrágio. Minha meta na ilha seria afastar da mente meus maiores anseios. Sendo um homem que sempre fora dominado e guiado por eles, não perdi tempo com essa ilusão. Gastei as minhas horas amaldiçoando o lugar.

Quanto às expedições que não poderia mais realizar, essa não era a pior parte. Já havia conhecido muita coisa e revelado uma infinidade de lugares aos ocidentais. Depois de tantas viagens à África e ao Oriente Médio, devo reconhecer meu cansaço. Não das descobertas, mas dos caminhos que levaram até elas.

Também estava farto das mendicâncias por companheiros de expedições e recursos para as mesmas. Durante palestras sobre a importância de minhas empreitadas, por mais que meus olhos prometessem glória, eu somente conseguia auxiliares de pouca fé. E os valores arrecadados apenas me garantiam um séqüito de carregadores rebeldes, que dificilmente costumam chegar até a metade do caminho. Principalmente nas expedições de descobrimento, onde a metade do caminho ainda nem foi determinada.

Mas efetuei um número suficiente de viagens para me considerar realizado. Reconheci isso só aqui na ilha, onde tive muito tempo para avaliar os meus feitos. Nos primeiros dias após o naufrágio, quando me veio o pensamento de que passaria o resto da minha vida nesse lugar, precisei de um argumento que servisse de alento para o fato de somente ter-me restado um punhado de quilômetros quadrados para explorar.

Não foi uma tarefa difícil. Dado tudo o que já fiz como aventureiro, poderia morrer sem a sensação de ter perdido tempo ou ter sido incompetente. Até as vontades menos nobres já estavam aplacadas. Meus escritos correm o mundo, dezenas e dezenas de volumes, sei que já entrei para história. Essa certeza manterá minha vaidade bem nutrida até o dia em que eu entregar meus ossos para a ilha.

Mesmo me sentindo realizado como explorador e orientalista — sentimento que devo à ilha, ao meu tempo aqui, e sou tão grato por isso quanto por ela ter-me livrado do afogamento —, há ainda um anseio incitando-me a esquecer a gratidão e amaldiçoar este solo. O único anseio incapaz de ser aplacado com a recordação e auto-reconhecimento de minhas conquistas.

Meu livro. Não poderei mais escrever o épico que havia imaginado durante a minha estada no Brasil. Junto com minhas traduções de Camões, a idéia desse projeto deu-me motivação para livrar-me das garrafas. Na noite que concebi a história, uma das mais quentes já registradas em Santos, ela parecia eclipsar todos os meus feitos até então.

Nos primeiros dias como náufrago, cheguei a comparar minha relação com o livro abortado ao meu casamento com Isabel: um laço rompido pela tragédia do Polka Tulk. Gostaria de pensar que o convívio junto de minha esposa proporcionara memórias capazes de servir como alívio para a saudade inclemente; todavia, relembrar meu matrimônio só tornaria a vida pior por aqui. Mais por minha culpa do que de Isabel.

Este não é um bom lugar para cultivar remorsos; então, tento tirá-la da memória, editando constantemente meu próprio passado. Igualmente, este não é um bom lugar para pensar na ficção que planejava escrever.

Cercado de vegetação, areia e água, a história poderá existir apenas em minha cabeça. Ela poderá existir, mas não o livro. O esqueleto de narrativa em minha mente nunca ganhará um corpo de papel.

Encontro-me cercado de vegetação, areia e água.

E Nikolai.

Nikolai, o outro sobrevivente do naufrágio. Nascido na ilha de São Francisco, na província de Santa Catarina, ele estava em sua primeira viagem para fora do Brasil. Iria trabalhar em um estaleiro em Liverpool. As poucas frases em inglês dominadas por ele seriam suficientes para virar-se nos primeiros dias na Europa.

Quem convenceu Nikolai a deixar São Francisco e ir para a Inglaterra fora outro britânico, Maynard Kinney. O marinheiro inglês passara pela ilha catarinense, fazendo amizade com o brasileiro e prometendo um emprego para ele em Liverpool.

Antes de Kinney, mais um marujo estrangeiro exercera influência na vida de meu amigo. Faltando poucos dias para seu nascimento, uma embarcação russa desembarcara em São Francisco. O pai de Nikolai costumava circular pelo porto, e observou os recém-chegados. Não fez amizade com nenhum deles, nem mesmo foi agraciado com vodka ou ovas de esturjão. Caminhando ao lado de um grupo de marinheiros, o pescador foi presenteado com um punhado de sílabas, um nome, que seus ouvidos agarraram e suas pernas levaram para longe dali. Segurou avidamente essa palavra por quase uma semana, até poder depositá-la em seu filho.

Olho em direção ao enfraquecido sol do final da tarde e posso ver Nikolai se aproximando. Enxergo sua imensa silhueta, andando na linha onde a areia seca da praia e a água do mar se encontram, apagando suas pegadas. É a forma mais eficiente que elaborou para chegar aqui em nossas cabanas. Caminhará por quase mais uma centena de metros, até seu cajado esbarrar em alguma pedra — alguma das muitas que ele mesmo depositou ali. Então é só voltar-se contra o oceano e caminhar em linha reta, que ele sempre termina em nossa morada.

— Estamos com sorte, Burton — diz Nikolai, jogando perto de mim a rede cheia.

De fato, quatro peixes de bom tamanho, dois deles bem grandes, estão emaranhados na rede instalada ontem. Esse artefato nos tem sustentado muito bem desde o naufrágio.

— O melhor local para colocar o negócio é mesmo naquela pequena bacia formada pelos corais, quando a maré está alta, fica apinhada de peixes de tudo que é tipo — continua Nikolai.

Ele tateia os peixes na rede e me informa serem duas corvinas, um robalo e um vermelho.

— Excelente pescaria — fala, segurando os animais. Com minha faca, começa a limpá-los.

A infecção em seus olhos já está passando. Há dois dias que não tem mais febre. Mesmo com a infecção cedendo, os ferimentos que suas vistas sofreram durante o naufrágio já deixaram uma seqüela irreparável. Como ele próprio bem sabe, Nikolai nunca mais voltará a enxergar.

— Escute, Burton... Desde que posso me recordar, já estava ao lado do meu pai lidando com peixes. Poderia pescá-los e limpá-los de olhos fechados — diz, pontuando sua frase com uma gargalhada.

Ele me estende os peixes, deixando uma das corvinas para usarmos de isca amanhã. Enquanto faço a fogueira para assá-los (um para mim e dois para ele), Nikolai continua sorrindo, com a face voltada para a ilha.

— Sabe, o maior dos peixes não pude trazer até aqui. Deixei para você buscar assim que comermos. Não que possa também carregar — informa, de modo casual.

Nesta pequena ilha, mistérios são infinitamente mais raros que peixes. Deixo a fogueira de lado e volto minha atenção para Nikolai, aguardando pelas suas próximas palavras.

— Acho que não estamos sozinhos aqui, Burton.

— Ouviu alguma coisa? — pergunto, com a euforia já quase batendo na altura de meu queixo.

— Não, não ouvi. Mas toquei. Há uma cabana próxima aos recifes, bem no começo da mata, poucos passos depois da faixa de areia. Ela deve estar tomada pela vegetação, por isso que você ainda não a havia enxergado. Só que tive receio de entrar.

— E por que somente agora me informou a descoberta? Por que não me contou assim que me encontrou aqui?

— Porque sabia que, assim que terminasse de falar, você sairia correndo para verificar. Pelas histórias que me contou sobre suas viagens, já vi que é um sujeito bem curioso. Queria conversar um pouco sobre a pesca de hoje. Na verdade, deveria ter esperado até depois do jantar, mas não resisti. Não podemos comer antes?

— Não. Preciso vê-la neste instante.

Pego os gravetos com os quais estava iniciando a fogueira e tento novamente produzir fogo, preparando-me para a noite que cairá rapidamente. Assim que as chamas brotam da madeira, acendo uma tocha e saio em passos acelerados até os recifes, incapaz de convencer minha mente de que a suposta cabana não pode sair correndo.

Ofegante, chego no trecho da praia onde instalamos nossa rede de pesca. Olho em direção à mata, sem ainda conseguir avistar a construção detectada por Nikolai. A sensação que passa agora pelo meu corpo eu não experimentava desde quando estava diante das cercanias de Meca. Como naquela ocasião, sigo em frente, sem medir as conseqüências. Só que desta vez não corro o risco de perder a minha vida, apenas de ela continuar inalterada, congelada na maldita segurança da ilha.

Dentro da mata, piso em algo agora mais valoroso para mim do que todo ouro levado das Américas para o Velho Mundo. Agacho-me, segurando a minha descoberta. Uma folha de papel em branco.

Há muitas outras páginas espalhadas ao meu redor. Outras se apresentam parcialmente dissolvidas pela chuva. Agarro mais algumas, verificando que essas estão escritas. Então descubro a fonte de todo esse papel. Finalmente, a cabana. Uma construção não mais sofisticada do que os abrigos erguidos por mim e Nikolai na praia.

Tomada por plantas trepadeiras, por mais de meio ano ela passou incólume aos meus sentidos. Richard Francis Burton, o grande explorador, é superado por um cego em uma pequena ilha próxima ao Brasil. Tento reconfortar-me com a idéia de que não a estava sequer procurando, mesmo sabendo que isso é pior.

Agora esse fato não tem importância, levando em conta o que encontro no interior da construção. Como supunha, apenas algumas folhas foram carregadas pelo vento para fora da cabana. Em uma bancada, pilhas e pilhas de papel. Maços de folhas em branco, outras escritas, presas por tiras de couro, ao lado de uma pena e um tinteiro.

Embaixo da bancada, mais uma dúzia de tinteiros. Introduzo meu dedo em um deles. Levo o indicador até meu rosto e esfrego a tinta molhada em minha face, como um sacerdote asteca faria com o sangue de uma oferenda humana, na expectativa de provocar um sorriso em seus deuses.

Sinto-me como se todos eles se rejubilassem por mim, alguém desprovido de qualquer fé em entidades pagãs. Fui recompensado, sem saber se ainda lhes devo ou não um sacrifício.

Seja como for, agora preciso escrever. Ponho debaixo do braço todas as folhas redigidas que encontro, uma pena e um tinteiro, tomando cuidado para minha tocha não plantar nenhuma fagulha na cabana. Já sem a presença do sol, dirijo-me à praia.

Nas cabanas, meu amigo deve estar aguardando por mim ao redor da fogueira. Assim que o encontro, Nikolai me pergunta se não há mais ninguém para dividirmos o jantar. Respondo não ter avistado ninguém.

— E a construção, Burton? Não encontrou?

— Encontrei, mas quem a ergueu não deve estar mais por aqui. O lugar é muito pequeno para não notarmos a movimentação de alguém indo constantemente à procura de água e comida. De qualquer forma, foi uma grande descoberta. Segure isto — peço, entregando a pilha de papel.

— São mapas?

— Não. Textos.

— E o que dizem?

— Não sei. Estão em alguma língua nórdica. Escritos por alguém da Dinamarca, Noruega, Suécia ou até mesmo, quem sabe, da Islândia. Falo fluentemente mais de duas dezenas de idiomas, mas, infelizmente, nenhum dos usados nos países que mencionei. Um dia os aprenderia, acredito — afirmo, olhando para o mar.

Nikolai começa a rir. Um riso sincero, sem tintas de escárnio.

Sentamos ao redor da fogueira. Extinta a fome que os levaria ao fogo, permanecem ao nosso lado as corvinas, o vermelho e o robalo destripados. Explico que gostaria de examinar o manuscrito com atenção para certificar-me se não há frases que talvez eu possa compreender.

— Não se preocupe, Burton. Faça o que for preciso — diz Nikolai, sua mão indo de encalço ao meu ombro. Caminha até sua cabana, carregando minha faca. Começa então a esculpir algo na madeira. Percebo que é uma obra que já havia iniciado alguns dias atrás, um cão. Lembra bastante a imagem do colar que ornamentava seu pescoço antes do naufrágio. Dada sua deficiência, impressiono-me com a qualidade do trabalho.

Em outra ocasião, perguntaria a ele o que, diabo, significava aquele cão, mas não agora com o manuscrito em minhas mãos. Continuo correndo os olhos pelos papéis. É o que faço durante toda a noite, com breves pausas para jogar gravetos no fogo.

Ao nascer do sol, com a fogueira ainda respirando, Nikolai acorda. Dormiu tarde, só após finalizar seu cachorro de madeira. Despertado pelo barulho de algumas aves migratórias que usam a ilha como parada de descanso antes de retornarem à Europa, sem chegarem a nidificar por aqui, ele se espreguiça ruidosamente.

— Precisamos pegar alguns desses bichinhos com asas, Burton. Não sei você, mas estou ficando um pouco enjoado de comer peixe.

Também estou com fome, e sono. Só que os peixes pescados no dia anterior haviam sido castigados pela noite quente e por insetos, não mais apresentando cheiro e aparência agradável.

— Descobriu alguma coisa?

— Não. Compreendi somente um punhado de palavras, algumas derivadas do latim e outras do alemão, e também várias semelhantes à minha língua nativa, já que os escandinavos, no tempo dos vikings, costumavam aterrorizar a Inglaterra. Levavam nossas donzelas e nossos objetos de valor; em compensação, deixaram cravadas na cultura dos anglo-saxões várias palavras de seu idioma bárbaro. Como disse, entendi algumas coisas nesses papéis, mas nada que pudesse formar uma frase sequer. E o material não apresenta números, o que poderia documentar datas.

— E a pessoa que o escreveu?

— Acredito que morreu. Ou talvez possa ter abandonado a ilha, de que forma eu também desconheço. As respostas possivelmente estão encaixotadas nesse manuscrito. Mas não temos a maldita chave, Nikolai.

— Lamento pelo tal vikrin apenas ter-lhe deixado guardada essa papelada inútil.

— Está enganado, Nikolai. Não trouxe todo o papel. Há ainda centenas de folhas em branco por lá. Richard Burton, o espadachim, descobridor, orientalista, aventureiro e, como você bem comprovou, o tradutor e lingüista, está morto. Levando em conta a maneira como nos alimentamos e nos vestimos aqui, até mesmo o cavalheiro Burton afogou-se no naufrágio do Polka Tulk. No entanto, graças à cabana que você descobriu, Richard Burton, o escritor, renasceu.

— Ótimo. Mas agora vamos tentar pegar um daqueles pássaros? — sugere meu amigo cego.

Capítulo 3

Do alto de sua torre, o imperador Montezuma admira a cidade de Tenochtetlán, capital do império asteca. Neste momento, não importa a direção que mire, ele é capaz de sentir as fronteiras se expandindo; um reino que apenas os olhos de um deus poderiam alcançar por inteiro. Há poucos instantes, um mensageiro trouxera importantes notícias do Sul. A última grande cidade inca havia sido conquistada. Como Montezuma calculara, a coalizão com os maias provara ter sido importante para a derrota de seus rivais. Com o povo maia sob seu jugo, as guerras civis aplacadas e os incas prestes a reverenciar um novo rei, Montezuma ainda esperava as novas da excursão de seu exército no Norte. Saíram de Tenochtetlán milhares de soldados. Ele tinha certeza de que os sioux, apaches e iroqueses não poderiam oferecer resistência a seus guerreiros.

Para a glória do monarca, a única força com capacidade de pulverizar o exército asteca nunca pisaria em seu continente. Hernán Cortez jamais abandonara a Europa; jamais pudera permutar ouro asteca por balas de canhão e varíola espanhola.

E dos poucos europeus que participaram das grandes navegações, quase nenhum deles retornara. Apenas Colombo, em 1492, pudera trazer de volta uma das três caravelas usadas para sua viagem, com alguns sobreviventes das naufragadas Pinta e Nina.

Após três semanas de viagem, as duas embarcações acabaram se afastando da nau capitânia. Colombo encontrou somente destroços dos dois navios e onze tripulantes vivos, nadando desesperados em alto-mar. O relato desses homens aterrorizou o navegador, fazendo-o mudar imediatamente o curso da caravela Santa Maria. Se tivesse sorte, ele e a tripulação regressariam à Europa.

Colombo conseguiu. Em 28 de agosto de 1492, voltava ao porto de Palos, na Andaluzia, sem ter descoberto um novo continente. Cristóvão Colombo, um dos europeus com mais convicção na idéia da esfericidade da Terra, sendo possível chegar ao Oriente navegando pelo Ocidente — sem o temor medieval de que o mar terminaria em um abismo —, trazia a confirmação de uma crença que ele mesmo, antes da viagem, achava ser tolice.

Existiam, em alto-mar, criaturas gigantescas. Por mais que lhe constrangesse a palavra, foi preciso usá-la diante dos reis Fernando de Aragão e Isabel de Castela: monstros marinhos. Já os onze tripulantes que viram as bestas aquáticas não tinham nenhuma reserva quanto a empregar esse termo. Homens corajosos o suficiente para participarem de uma viagem de alto risco, dita até mesmo como suicida, choravam ao relatar o acontecimento, ao se lembrarem do horror inaudito que ainda não havia saído um segundo sequer de suas mentes.

No dia da tragédia, Rodrigo de Triana, vigia da caravela Pinta, foi o primeiro a dar o grito de alerta. Eles nem chegaram a investir contra as caravelas. As ondas criadas pelo deslocamento de seus corpos descomunais afundaram as embarcações. Muitos dos que não morreram afogados enfiaram facas no coração, aterrorizados em ficar nadando em um mar povoado por tais criaturas. Como Colombo constatou ao resgatá-los, nenhum dos onze sobreviventes possuía qualquer tipo de objeto cortante.

A notícia dos acontecimentos da viagem de Colombo logo se espalhou por todas as nações européias, pondo fim às grandes navegações. Dessa forma, as monarquias nacionais da Europa nunca descobririam o continente existente entre elas e a Ásia.

No ano de 1869 de Nosso Senhor, decorridos quase quatro séculos da fracassada viagem do navegador genovês, o imperador Montezuma também não tinha conhecimento da Europa, muito menos da divindade cultuada por seus habitantes, e da idéia de que a Terra é redonda. Nenhuma expedição empreendida por seu povo chegou mais longe do que as fronteiras gélidas do Norte. No Sul, sabia que os incas e os maias já haviam desbravado as florestas dos grandes rios.

Mas, ao contrário das terras do Norte, ele ainda não tinha interesse por aquela região de tão difícil acesso. Apesar da caça abundante, seria difícil cultivar qualquer coisa naquelas matas inundadas. Além disso, os conhecimentos mais valiosos das tribos do Sul já constavam no cabedal científico dos astecas, adquiridos através da conquista de inúmeras cidades incas e do tratado de cooperação com os maias. Há cerca de trinta anos, quando fora informado das expedições de seus rivais nas vastas florestas alagadas, ele instruíra seu conselho a manter a serenidade. "Deixem desbravarem, descobrirem; afinal, eles estão apenas aumentando o que cedo ou tarde será nosso espólio de guerra", declarou Montezuma, na época, com 23 anos.

Montezuma conhecia a índole do imperador inca, Pachakuti II. Sabia de suas deficiências diplomáticas. Não faria aliados com suas viagens, apenas inimigos. O próprio Pachakuti II precipitara a guerra com os astecas, anos antes do início das expedições incas no Sul. Nada intimidado com o poder do exército asteca, ele rejeitara a proposta de Montezuma de anexar os dois reinos. Em troca da entrega pacífica, como o reemergente império maia havia consentido, a maioria da população inca não seria escravizada e Pachakuti continuaria a exercer um cargo de destaque.

Em sua mensagem, Montezuma procurou detalhar todas as regalias do monarca inca que seriam mantidas. A palavra do chefe asteca era tão sólida quanto as orgulhosas edificações de Machu Picchu, reconhecia Pachakuti, como atestava a manutenção do acordo entre os astecas e os maias. Mesmo continuando com seus palácios em Cuzco, suas mulheres e seus criados, ele, tido como um deus pelo seu povo, seria então obrigado a curvar a cabeça ante Montezuma. Tal ato implicaria a irrefutável destituição de sua divindade. "Deuses não abaixam a cabeça", pensou.

Talvez por isso todas as suas divindades tenham permitido o avanço do exército inimigo pelos domínios dos incas, a violação de suas devotas e o envenenamento dos suprimentos de água. Os deuses concordaram que essa peste bárbara se alastrasse pelo seu império por não tomarem conhecimento, não estarem com suas cabeças voltadas para seus adoradores, apesar das centenas de escravos sacrificados diariamente, concluiu Pachakuti. Então, como um novo deus da guerra, ele conduziu seus soldados para o longo embate. Morreu decapitado, durante a queda de Cuzco.

É seu crânio, adornado por duas grandes esmeraldas, que Montezuma agora vislumbra, numa das paredes de seu palácio. Aproxima-se do objeto, correndo os dedos sob o tampo. Para ele, não parece a caveira de um deus. Na verdade, pouco difere das outras centenas de crânios espalhados pela sua morada. Alguns mais pesados, mas certamente feitos do mesmo material, e todos provenientes de guerreiros que tombaram ao lutar por decisões de pessoas como ele e Pachakuti. Às vezes, Montezuma achava ser esta a maior serventia dos soberanos: cultivar crânios por todo o império.

Não, ele não chegou a tal conclusão. Nem mesmo Hokam, seu escriba. De fato, era uma frase que se encaixaria com perfeição nos lábios de seu servo; contudo, ele não teria o atrevimento de proferi-la na presença do rei. Hokam não lhe dissera tal impropério. Era de uma das suas esposas, Acat, a possuidora da ofensa. Justamente sua esposa favorita.

Desde o início da expansão asteca, a sociedade estava mudando. Os costumes de alguns povos conquistados pareciam estar adentrando em Tenochtetlán com mais rapidez que as pilhagens das batalhas. Montezuma era avesso a essas infiltrações na própria cultura de sua gente; porém, combater tais manifestações acabaria gerando descontentamento interno, acreditava.

De todos aqueles purulentos costumes estrangeiros, um em particular nauseava o imperador. Após uma missão diplomática na cidade maia de Xibalba, os oficias astecas voltaram a Tenochtetlán maravilhados com uma peculiaridade da sociedade visitada. Segundo eles, as mulheres da cidade podiam externar seus pensamentos em público. Muitas delas até esbravejavam com seus maridos aos olhos e ouvidos de todos.

Um dos embaixadores, Tlato, disse a Montezuma nunca ter visto homens tão satisfeitos, tão felizes, como os moradores de Xibalba, creditando essa alegria ao fascinante destempero das mulheres do lugar. Membro do Grande Conselho e um dos mais poderosos dignitários da capital, as opiniões de Tlato planavam apenas abaixo das do próprio imperador.

Montezuma o tinha como um verdadeiro idiota. Durante as reuniões do Conselho, quando o ancião Tlato tomava a palavra, o rei lhe dirigia os olhos, e então deixava sua atenção disparar para paisagens longínquas.

Apesar da inutilidade de Tlato como conselheiro e sua prolixidade como orador, o soberano achava melhor tê-lo em seu núcleo de governo em vez de confabulando para entrar nele. O poder do velho não podia ser subestimado, ainda mais em tempos de guerra, quando a argúcia de Montezuma já estava operando no limite. Prova da influência do ancião foi a rápida disseminação do manuscrito redigido por ele, contendo suas impressões sobre a viagem a Xibalba, em especial a liberdade das mulheres da comunidade.

O escriba Hokan já havia comentado com Montezuma sobre o texto. Alertou o imperador da popularidade da obra junto à classe dominante asteca. Independentemente da pouca habilidade de seu escritor, o relato fez desencadear pequenas rebeliões nas moradas de Tenochtetlán, assinalou Hokan. Começaram nos dormitórios, propagaram-se para os demais aposentos e, no fim, até as ruas da capital já estavam alagadas por aquela maré de sublevação, atingindo, do mesmo modo, as classes mais baixas da sociedade. As mulheres agora reclamavam em público de seus maridos, discutiam com eles aos olhos de qualquer cidadão com curiosidade de apreciar o espetáculo. E, de fato, não faltavam interessados em presenciar as discussões, assim como também não pareciam faltar razões para as esposas estarem descontentes com seus homens, completou Hokan.

Montezuma deu de ombros ao aviso de seu escriba. Achava que, no fundo, ele sentia inveja da popularidade do texto de Tlato. Sabia que Hokan almejava mais do que continuar preenchendo manuscritos com os acontecimentos das campanhas militares astecas e as futilidades inerentes à rotina palaciana. Em parte, por isso o enviara à Ilha dos Cães.

E por Acat. Era ela o outro motivo da missão de Hokan. O principal motivo.

Fora a própria Acat a responsável por legitimar o aviso do escriba ao soberano. Dentro de seu aposento real, Montezuma ouvira a esposa mais estimada gritar com ele. Por um tempo que não conseguiu precisar, perguntou a todos os seus deuses se o que estava vendo não era um pesadelo. Sabia não ser. Pouco tempo antes, havia cortado o braço direito exercitando-se com sua espada macquauitl, e tinha certeza de não haver adormecido após o acidente. Não, não era um sonho. Ele bem sabia da incapacidade de sentir dor física nos sonhos. Além disso, nem em seu pior pesadelo alguém havia gritado com o imperador, muito menos uma mulher.

Mesmo naquele momento, no dia da queda do império inca, após trinta e quatro anos de guerra, ele não conseguia tirar Acat de seus pensamentos. Com uma frase, ele poderia ordenar a dizimação de inúmeras cidades, todo um grande território de terra sob o seu comando e submetido aos seus caprichos, mas era incapaz de remover do pequeno círculo acima de seu pescoço a imagem de uma única fêmea. Agora o destino de Acat estava nas mãos dos deuses. Montezuma acreditava que eles iriam dizer a Hokan o que fazer em relação a ela, na Ilha dos Cães.

Seu servo já estava instalado no local há três dias. Com ele, a população da ilha contabilizava cento e uma pessoas, todas transportadas para lá nos últimos meses. Das canoas que realizaram a viagem de dois dias, partindo da grande cidade asteca de Mazatlán, no litoral, rumo ao Norte, até a Ilha dos Cães, levando passageiros e mantimentos, apenas uma permanecia na praia, amarrada junto às pedras.

Hokan não poderia permanecer muito tempo no lugar. No dia seguinte mesmo, pretendia partir. Provavelmente, ao final do mês seguinte, além dos caranguejos e moluscos, nenhum ser vivo continuaria respirando na Ilha dos Cães. Pela manhã, Hokan avistara o primeiro sinal que confirmava essa previsão. O primeiro de uma migração de maus presságios. Depois de acordar, caminhara pela areia. Olhando para o leste, enxergara uma baleia cinzenta.

Minutos depois, notara que ela não estava sozinha. Apavorado, subira até o ponto mais alto da ilha, uma rocha de quase cinco metros. Para seu alívio, constatara que não havia um número grande delas na praia. Contara apenas seis.

Muitas baleias ainda viriam nas próximas semanas para se reproduzirem nas piscosas águas frias que circundavam o local. Quando as demais chegassem, só então haveria motivo para medo. O maior dos motivos, pensava Hokan.

Ainda no topo da rocha, continuava a contemplar as águas do mar. Estava mais tranqüilo, apesar de todo medo ainda não ter-se desprendido. Fitava o horizonte e amaldiçoava a fraqueza de seus olhos. Acreditava que tudo não podia acabar aqui, na Ilha dos Cães. E o que haveria além deste mar? Poderia ser algo tão inefável quanto as criaturas que se encaminhavam para cá, no encalço das baleias?, perguntava-se Hokan.

O jovem escriba gostaria de ficar o dia inteiro onde então se encontrava. O tempo reduzido que podia permanecer em segurança na ilha forçava-o a levantar-se e executar as incômodas tarefas do dia. Descia da pedra e iniciava a breve caminhada até o acampamento. Naquele dia precisaria falar com Acat.

Ele não gostava de estar naquele pequeno pedaço de terra. Mas aquilo fazia parte da Ilha dos Cães, ninguém gostaria de estar ali. Pelo menos, ele era uma das pessoas com lugar garantido na canoa que realizaria a viagem de volta para Mazatlán. Havia ainda um lugar indefinido na embarcação. Para resolver aquele problema, teria uma conversa com a ex-esposa de Montezuma. Tentaria remediar uma questão na qual o rei tivera um desempenho desastroso.

A incapacidade do imperador para alguns assuntos sempre intrigara Hokan. Espantava-se como um homem de tantos recursos agia às vezes de maneira tão tola. Desde o primeiro dia de seu ofício como escriba, a habilidade de Montezuma como estrategista militar impressionara o jovem. Da mesma forma, espantava-lhe a sensibilidade do monarca para agradar os mais poderosos dignitários, mantê-los fiéis.

Até mesmo os sacerdotes o rei sabia como cativar. Apesar de toda a devoção daquela classe, Montezuma notara que os deuses nem sempre pareciam recompensá-los. Então fazia questão de corrigir aquela injustiça, dando atenção aos principais religiosos com o mesmo zelo de uma mãe jaguar em relação à sua prole. Ofertava belas mulheres para quem precisava de uma trégua com o celibato e comida para aqueles que se encontravam entupidos de tanto jejuar. Tudo isso, é claro, em segredo. Apenas Montezuma teria conhecimento. E o imperador, para os religiosos, era tão confiável quanto o deus Quetzalcoatl.

Ele tinha meios para fazer qualquer pessoa do império curvar-se diante de sua pessoa, pedir qualquer cabeça; contudo, sabia manter sob controle aquele poder.

Hokan estava trabalhando como escriba de Montezuma há dois anos. Nos últimos meses, sentia-se menos inibido ao lado do rei. Já conseguia dizer umas três frases quando lhe era inquirida alguma questão. Mas nunca informava ao imperador quando ele estava agindo errado, como na decisão a respeito de Acat e — o mais grave — quando ordenara a Hokan viajar para onde ela se encontrava.

Acreditava não ser por castigo que Montezuma o enviara para aquele lugar. Por mais estranho que parecesse ao jovem, aquela missão era uma recompensa, pelo menos, na mente do monarca. Lá estava ele, sendo premiado pela sua competência como escriba, tendo uma chance de elevar-se em seu ofício, relatando o sacrifício anual da Ilha dos Cães, o mais importante de todo o império. Na verdade, ele nem poderia ficar até a morte dos escravos, sob pena de morrer junto com eles. Parte do relato seria suposição. Além disso, a ele havia sido delegada a incumbência de resolver uma questão pessoal do imperador, prova da confiança que Montezuma depositava nele.

A respeito da "honra" de preencher os manuscritos com o sacrifício de noventa escravos no local mais sombrio de todo o império, para ele não passava de uma grande insanidade. Seria tão insatisfatório quanto redigir sobre as campanhas militares. Não, na opinião de Hokan, aquilo não era realmente escrever.

Escrever seria o que realizaria quando retornasse a Tenochtetlán. Trabalharia para valer, sem ficar zanzando por lá, perdendo tempo. Não escreveria sobre seu imperador, nem mesmo sobre mais alguma batalha repetitiva, igual a inúmeras outras na história de sua civilização. Até então, os escribas astecas só haviam produzido manuscritos sobre embates entre cidades, heróis de guerra e reis. Para Hokan, pior que todos aqueles assuntos estavam os manuscritos com temática religiosa.

Ele julgava não haver nada mais desinteressante e desprovido de vida do que os deuses. Huitzilopochtli, o deus da guerra, Tezcatlipoca, o deus do céu noturno, Quetzalcoatl, a serpente emplumada, o deus do saber, Chicomecoatl, o deus do milho, e muitos outros esnobes etéreos. De todas aquelas divindades exsudavam rios de tédio; afluentes de mediocridade que inspiravam os escribas e contaminavam a sociedade asteca. A obra que Hokan pretendia realizar teria outros personagens. Nada de deuses. Escreveria sobre homens. Não reis ou heróis de guerra, e sim homens ordinários, como ele.

Ninguém nunca fizera isso antes. Talvez somente o dignitário Tlato fosse quem até aquele momento mais se aproximara de sua idéia. De alguma forma, em vez de um manuscrito burocrático, Tlato escrevia sobre pessoas, paixões humanas, quando relatara o caso das mulheres maias constantemente furiosas com seus homens. Meses antes de ler o texto do ancião, ele já havia concebido a idéia de usar cidadãos comuns para figurarem em sua história. Sentiu-se usurpado de algo valioso ao tomar conhecimento do manuscrito de Tlato; contudo, apesar do velado sentimento de concorrência, constatara estar no caminho certo. Fora o único a entender o sucesso da obra de Tlato, o porquê de sua força.

Ele começaria sua história assim que estivesse em seu aposento, na capital. Agora precisava executar uma tarefa indesejada. "Os deuses lhe falarão o que fazer, meu jovem, quando fitar os olhos daquela mulher. E, entenda, não estou dizendo que será o caso, mas muitas vezes eles são misericordiosos", dissera-lhe Montezuma.

Hokan não podia contar com aquilo. Não acreditava na existência de deuses. Nem em um único ou várias vintenas deles. Na cabeça de seu povo, o milho, as montanhas, a noite, a guerra, a chuva, o sol, qualquer coisa era deus ou uma de suas manifestações. Para Hokan, se tudo era deus, então nada era. Era assim que enxergava os sacrifícios aos deuses, como a mais cruel das inutilidades.

Finda sua caminhada até o acampamento, já era capaz de avistar a grande cela com os escravos. Olhava para os homens no interior da cerca. Muitos estavam gravemente feridos. Podia mirar um prisioneiro sem uma das mãos, provavelmente decepada durante a batalha que ocasionara a sua captura.

A visão não o surpreendia, já que eram noventa guerreiros incas ali encarcerados. Por todo o império, havia centenas de bravos combatentes feitos escravos, vítimas da febre marcial dos imperadores asteca e inca. Para o sacrifício da Ilha dos Cães haviam sido trazidos os mais valorosos. E esses não teriam os corações arrancados, como nas demais cerimônias.

A maioria deles se encontrava desprovida de roupas. Hokan, mesmo com sua reforçada vestimenta feita de fibras de folha de maguei e algodão, era capaz de sentir o frio daquela época do ano. Sabia do grande castigo infligido àqueles homens pelo vento gelado do Norte. Todavia, caso tivesse como providenciar proteção para eles, qual seria o sentido? Comparado com as criaturas que as baleias atrairiam até aquela ilha, aquele frio era tão cálido quanto uma noite na companhia de todas as esposas do imperador Montezuma.

A cela de Acat ficava mais distante da prisão dos guerreiros. Enquanto oito soldados astecas vigiavam os homens, apenas um ficava de sentinela em frente à prisão da ex-esposa do rei. Seu nome era Koniila. Naqueles três dias na ilha, Hokan se afeiçoara a ele. Em sua primeira noite no local, tomaram várias doses de pulque juntos. Embriagado, o escriba falara a Koniila da importância do maguei para a sociedade asteca. Da planta se fabricavam tecido, cordas, papel e, o mais importante — pelo menos naquela noite —, o pulque, uma bebida capaz de destituir de qualquer homem a sua sobriedade.

— Então, meu soldado, está pesada a vigília? — perguntou o escriba, de forma estóica, sem olhar para a sentinela. Koniila não sabia, mas na verdade Hokan estava fazendo uma imitação de Montezuma.

— Não, senhor — respondeu rápido Koniila, tentando esconder a surpresa pelo comportamento frio do colega.

— Pena. Bom, é realmente lamentável — continuou Hokan —, porque, caso contrário, havia trazido uma garrafinha aqui comigo. Talvez ela pudesse aliviar o desgaste daquela sua tarefa.

Em meio às gargalhadas, os dois trocaram leves tapas nos ombros.

— Trouxe mesmo um pouco de pulque? — perguntou Koniila.

— De forma alguma. Se fôssemos pegos bebendo a esta hora do dia, acabaríamos na cela dos incas.

— Pouco provável, Hokan. Aquele local é reservado apenas para guerreiros honrados, alguém que, no mínimo, já sofreu um pequeno arranhão em batalha.

— Concordo. O sacrifício de um cão manco agradaria mais aos deuses do que o nosso. Falando em sacrifícios, como está Acat?

Esta última frase, Hokan ciciou ao ouvido de Koniila, já que a destituída rainha encontrava-se a alguns passos dali. Mesmo assim, arrependeu-se de suas palavras. O convívio no palácio o ensinara que cochichar no meio de uma conversa era tão ofensivo quanto o escárnio escancarado. Como Montezuma lhe instruíra, o ouvinte sempre podia imaginar um insulto mais grave que o emitido de fato.

— A mulher está terrível. Nos últimos dias me chamou de todos os nomes feios possíveis, a maior parte deles eu nem conhecia. Coisas boas para se repetirem por aí, numa bebedeira — disse Koniila, genuinamente espantado.

— Ninguém disse que a sua estada na Ilha dos Cães não seria instrutiva, meu amigo.

— Ontem ela voltou a investir contra a cela. Perda de tempo. A construção foi muito bem-feita. Confira, devem ter empregado uns... Bem, não sei quantos bambus usaram para erguer a prisão, mas está muito bem construída, ninguém pode negar.

Aquela era uma das coisas que Hokan tanto apreciava em seu novo colega. Assim como ele, Koniila não ligava para números. Era desprovido do fetiche dos astecas pela matemática. De fato, Hokan era avesso às duas grandes obsessões de seu povo: deuses e números. Entre aqueles dois extremos, o incognoscível e a exatidão, ele preferia ficar no meio da escala; equilibrar-se na certeza da falibilidade humana.

— Preciso ter uma conversa com ela, Koniila. Ordens de Montezuma.

Dito isso, Hokan sabia ser desnecessário estender-se em qualquer explicação. Não que fosse necessário. Koniila era um soldado asteca, trabalhar sem ter certeza sobre seus atos fazia parte do ofício.

— Quer que eu amarre as mãos dela?

— Não, não será necessário — mentiu Hokan. Se possível, requisitaria a colocação de cordas ao redor de toda Acat, até mesmo uma proteção para cada um de seus dentes. Sabia do que era capaz aquela mulher; contudo, não seria uma boa maneira de iniciar uma conversa.

Koniila espiava através de uma fresta, entre dois bambus. Constatou que Acat estava distante da porta, deitada no lado oposto da abertura. Desatou o nó que firmava a porta da cela, e, com sua mão direita, conduziu Hokan para dentro do pequeno covil, empurrando-o levemente pelas costas.

Acat estava desperta. Evitava olhar para Hokan. Já o jovem não conseguia tirar os olhos da mulher. Nunca tivera dificuldade para entender por que aquela magnífica fêmea um dia se tornara a esposa favorita de Montezuma, mesmo naquele instante, suja de lama. Ao seu lado, uma porção de peru assado encontrava-se intocada. Ele não a condenava, já que também detestava a carne de peru.

— Não está com fome, Acat?

Pela primeira vez, desde a entrada do homem na cela, ela olhava para Hokan e continuava em silêncio.

— Está lhe faltando algo?

Voltou a dirigir os olhos ao escriba. Desta vez, respondeu:

— Há menos de quatro meses era uma rainha, hoje sou uma escrava, presa nesta cela escura e imunda, precisando comer a ave que mais odeio no mundo, numa ilha que será palco de um sacrifício que nem mesmo os deuses terão coragem de presenciar. Mas, não, obrigada. Não consigo pensar em nada que esteja me faltando no momento.

A mulher tem estofo, concluiu. Hokan estava finalmente vendo uma lenda em ação. Ciente do que Acat fizera o próprio imperador passar, sentia pena de si mesmo.

— Como é seu nome, rapaz?

— Hokan, escriba de Montezuma — respondeu, mesmo não desconhecendo o fato de ela já saber o seu nome. Mais de uma vez o imperador dera instruções a Hokan ao lado da esposa. O suposto desconhecimento era uma forma de menosprezá-lo. Na ilha ele era a pessoa de maior prestígio, mas Hokan podia estar acima dos escravos e dos soldados de baixa patente, não de Acat. Quanto ao "rapaz", também fazia parte do açoite; afinal, ela era até mais nova que o servo de seu ex-marido.

— E o que um escriba do imperador estaria fazendo na Ilha dos Cães? Estou enganada ou apenas homens de coragem são sacrificados?

Aquela pergunta o atingira. E o pior fora ela ter usado uma frase proferida antes pelo próprio amigo de Hokan, em tom jocoso. Mas naquele momento, manuseada com a habilidade daquela mulher, a sentença adquirira pontas afiadas.

— Este escriba do imperador veio conversar com a rainha. E, entenda, não estou dizendo ser o meu caso, mas essa é uma tarefa que exige bastante coragem — disse Hokan, imitando novamente Montezuma. A frase saíra por impulso, em função de a ex-mulher do imperador tê-lo tirado de sua temperatura normal, e o escriba torcia para que o descuido tivesse passado despercebido por ela.

— Então veio ao lugar errado, não há nenhuma rainha por aqui. Esse não é um lugar para reis ou rainhas pisarem.

Não era um lugar para qualquer pessoa tocar os pés, como bem sabia Hokan, e dentro de não muito tempo sequer haveria terra seca para possibilitar aquele ato incauto. Montezuma tinha exagerado no castigo aplicado a Acat — e certamente se equivocado na recompensa para Hokan. Estar na Ilha dos Cães, naquela época do ano, quando as primeiras baleias cinzentas já haviam chegado ao local, era uma repreensão dura demais para a mulher. Nos últimos meses dela na capital, seu mau gênio não estava mais tão indomável. Ela parecia estar sossegando. E quase todos os homens de Tenochtetlán passavam pela mesma experiência de Montezuma. Ele não era o único com problemas domésticos. Fosse lá o que a mulher dissera a Montezuma, depois de tanto tempo de tolerância, Hokan não era capaz de ser conivente com a punição dela. Como a sua viagem até ali o fizera pensar, talvez o próprio monarca estivesse arrependido.

— Ouvi quando disse ao guarda sobre possuir uma mensagem de Montezuma para mim. Confesso estar intrigada. A condição em que me encontro já é a mensagem dada por ele mesmo, o covarde. Não há nada a acrescentar, nada que já não esteja no destino dos prisioneiros nesta ilha — disse, pondo-se de pé.

Ela se aproximou de Hokan, ficando em silêncio durante um bom tempo. Então desabafou:

— Olhe bem para mim, rapaz. Está vendo alguém que sofreu seu último revés. Já não posso mais esconder esse fato. Sim, olhe atentamente para a minha pessoa, insira em seus manuscritos, registre para o nosso povo a verdadeira derrota de Acat, não a que todos pensam ter acontecido. Mas, lembre-se, diferentemente de você, não estou só alguns dias na ilha. Vim para cá na primeira canoa do ano, há dois meses, junto com os primeiros escravos incas. Dois longos meses nesta cela. No primeiro mês, tolerei terem confiscado as minhas plumas, e era capaz de consumir a minha porção de comida sem demonstrar nojo. Segurava o ímpeto de gritar com os soldados e agüentava quieta este maldito frio, a sujeira e o medo. De forma alguma deixaria externar o quanto estava me atingindo o castigo de Montezuma. Não seria derrotada. Já que não poderia fazer nada para reverter minha punição, não podendo enfrentar sozinha um império, acreditei restar-me uma pequena vitória pessoal, mantendo o meu orgulho ao não reconhecer as agruras impostas a mim. Só que fracassei. Quanto a fugir, impossível. Caso saísse da cela, para onde eu iria? Nadar? Levou dois dias, com vários homens fortes remando, para a canoa percorrer o trajeto de Mazatlán até aqui. Nem mesmo é possível permanecer os 18 meses do ano nesta ilha. As baleias já chegaram?

— Sim. Hoje pela manhã avistei as primeiras.

— Quantas?

— Cinco — relatou, constrangido demais para informar a verdade. Não sabia se eram realmente cinco, não achou importante verificar, ou lembrar, o número exato delas na praia. Olhou para as suas mãos, fazendo alguns dedos saltarem do punho cerrado, como se pudesse desprender-se dali a informação que não fora gravada em sua mente.

— Então resta pouco tempo para todos nós, os que serão deixados aqui. Sabe por que o lugar é conhecido como a Ilha dos Cães?

Hokan meneou a cabeça. Ele desconhecia a origem do nome da ilha. Montezuma batizara o local, ao comunicar seu descobrimento, há quatro anos. Um curto período de tempo, e a ilha já provocava medo em todos os astecas.

— Pergunte a seu imperador quando retornar. Depois de relatar a ele o meu péssimo estado, ele terá prazer em entretê-lo com essa bela história.

— Acredito que ele espera por seu retorno, Acat.

Pronto. Estava feito. Hokan jogara aos pés da mulher a frase carregada desde sua saída de Tenochtetlán. Não sabia se seria capaz de proferi-la, ficou surpreso com a sua atitude e também aliviado; afinal, a frase não havia partido facilmente de algum deus, conforme instruíra Montezuma, e sim gestada de forma dolorosa na cabeça do escriba.

Ficara igualmente surpreso ao presenciar o impacto de suas palavras. Contra o aparente fato de que Montezuma a desejava ao seu lado mais uma vez, Acat era incapaz de erguer qualquer máscara. Por um breve momento, seu rosto permitiu escapar o contentamento com aquela idéia, deixando maravilhado o escriba. Maravilhado como, por alguns instantes, qualquer pessoa se tornava transparente. Algumas frases tinham esse poder, e seria para elas que Hokan viveria.

— Quero que retorne para Tenochtetlán comigo. Talvez amanhã mesmo deixemos a ilha — informou Hokan.

Acat correu os olhos pela cela. Havia espaços entre os bambus, permitindo a entrada de luz, mas a manhã estava nublada, fazendo as sombras imperarem no ambiente. Aproximou-se da parede e curvou o rosto até uma fresta. Dali, ela avistava o mar. Ainda de costas para Hokan, começou a falar:

— Há apenas uma canoa. Ela comporta dez pessoas, bem apertadas. Estão nesta ilha nove soldados e um escriba. Somando, é exatamente a capacidade da embarcação. Restam noventa escravos incas e uma escrava asteca, que não têm direito à vida. E, entenda, não estou querendo dizer que é este o caso — diz Acat, numa imitação de Montezuma muito superior à de Hokan, sem deixar de empregar nenhuma nuance da fala do imperador —, mas, se a tal escrava asteca for trocada na equação por uma rainha, então teremos onze pessoas para uma canoa com capacidade apenas para dez. Resultado: um asteca precisará morrer, e seu único crime será estar atrapalhando a exatidão de uma equação.

Matemática. Hokan tinha certeza, mais do que nunca, de que a maldita matemática um dia seria a derrocada de seu povo.

— Um dos soldados ficará — assinalou o escriba.

— Um dos soldados. Isso fecharia a equação. Mas existem soluções alternativas. Digamos que, caso o escriba ficasse, então os nove soldados e a rainha asteca poderiam retornar. Em vez de um soldado e noventa escravos incas, restariam um escriba e noventa escravos incas. No final, seria a mesma coisa, não é?

— Não posso ficar.

— E o soldado? Entre os nove, pode escolher um que realmente possa ser abandonado aqui?

Ao ouvir a última pergunta, Hokan achou ter passado a salvo pelo interrogatório. Durante alguns segundos, realmente acreditou na possibilidade de Acat não lhe fazer a incômoda pergunta escutada agora pelos seus ouvidos:

— E o que o torna tão importante?

Ele sabia como replicar aquela indagação com uma simples sentença; entretanto, não queria dividir a frase com a mulher. Um dia todos os astecas tomariam conhecimento da resposta, acreditava. Dali a poucos anos, sonhava o escriba, sua temporada na ilha seria parte integrante de seu mito. "Ele não poderia ter ficado lá porque senão seríamos todos privados das histórias escritas por ele. Podem imaginar, antes do grande Hokan líamos manuscritos sobre batalhas e deuses! Difícil crer, não? E naquele dia, na Ilha dos Cães, dentro da cela com a rainha Acat, ele guardara para si a razão de sua importância, o motivo de não poder ser deixado na ilha. Ele tivera a grandeza de não dizer que era porque precisava escrever uma história, a melhor feita até então, a única."

— Perguntei por que o escriba não pode morrer? — insistiu furiosamente Acat, afugentando as fantasias de Hokan com seu berro.

— Porque preciso escrever uma história.

— Uma o quê?

— Uma história. Uma história inventada por mim.

— Apenas reis e deuses inventam a História, rapaz.

— Não é sobre essa história que estou falando.

— E que outra existe?

Hokan estava pronto para responder a pergunta, quando ouviu gritos vindos de fora da cela. Caminhou em direção ao mesmo canto em que se encontrava Acat. Pela fresta, não enxergava nada. Tentou outros pontos da construção, e também não pôde detectar nada. Novamente, chegaram aos seus ouvidos sons ininteligíveis. Achava ter escutado o berro de um soldado.

— Koniila, o que está havendo? — gritou o jovem ao colega. Este se encontrava afastado da cela. Repetiu o chamado. Desta vez, o soldado correu até as grades da prisão.

— O que está acontecendo? — perguntou Hokan.

— O problema é na praia. Alguns soldados já foram correndo para lá. Não quis deixar meu posto, mas, se sair daí, talvez você possa ir averiguar.

— Abra a cela — pediu Hokan.

Koniila tentou desatar o nó que prendia a porta; todavia, os gritos pareciam estar atrapalhando a concentração de seus dedos. Eles agiam como um estouvado time, incapaz de derrotar o laço.

— Corte a corda.

Mesmo surpreso com a ordem do escriba, concordou que os fios de obsidiana em sua espada de madeira seriam o meio mais eficiente de resolver o problema. Assim que Hokan irrompeu para fora da cela, Koniila rapidamente fechou a porta, guardando a entrada com seu corpo.

— Não é mais necessário fazer isso. Permita a saída dela. Acat não é mais uma prisioneira.

A passagem foi desobstruída, mas a mulher permaneceu dentro da cela, no canto oposto à porta, sentada ao lado da porção de comida que rejeitara. O mesmo lugar onde se encontrava quando Hokan entrara.

— Escute, Koniila, vou até a praia descobrir o que está acontecendo. Você fica aqui, cuidando dela.

— Ela está livre, pensei ter ouvido você falar.

— Você ficará aqui, não vigiando uma prisioneira e sim zelando por sua rainha.

Enquanto Hokan corria em direção à praia, o soldado olhou para a cela aberta. Aquela visão o assustava. Durante dois meses foi o carcereiro de uma rainha; era perturbador estar certo disso. Todos os impropérios escutados por Koniila agora poderiam ser postos em prática, as ameaças estavam livres para sair ao seu encalço. Talvez a mulher tivesse uma longa lista de nomes para acertar as contas, e seu nome podia estar nela.

Já Hokan não temia qualquer represália da esposa de Montezuma. Ele desconfiava do motivo de tanto pânico na Ilha dos Cães, apagando completamente Acat de seus pensamentos.

Talvez aquele ano, as criaturas tivessem vindo mais cedo, ponderou. Por que não? Se a chuva era irregular, de ano para ano, às vezes até mesmo estragando as colheitas de milho, por que os comedores de baleias seriam tão pontuais como o sol e a lua? Aquela idéia crescia em sua mente, enfraquecendo suas pernas. Sentia-se um tolo, correndo para a morte.

Passou a andar. No momento, parecia o ato mais sensato possível, levando em conta o seu pleno estado de impotência.

Cruzou a prisão dos guerreiros incas, e ali continuavam apenas dois soldados. As outras sentinelas haviam corrido para a praia. Caso seu palpite estivesse correto, as cabanas no acampamento não seriam um lugar seguro. As ondas criadas pela aproximação das criaturas, durante os dias do banquete com as baleias cinzentas, varreriam todos para fora da ilha; afinal, ela era um pequeno pedaço de terra completamente plano. Um lugar cujo ponto mais alto consistia em uma rocha da altura de três homens. Não fosse pela vegetação, seria possível enxergar de uma ponta à outra. A ilha caberia facilmente dentro do menor dos palácios de Montezuma.

Ouviu mais gritos.

Estava claro para Hokan; aquele seria seu último dia de vida. Olhando ao seu redor, achou apropriado o lugar de sua morte. Um buraco sólido, no meio do mar: uma improvável e bela cova. Pena seu corpo não poder permanecer na terra. Ele seria varrido pelas ondas. De forma alguma os ossos ficariam na Ilha dos Cães.

Já que as malditas criaturas aniquilariam seu livro não nascido, que pelo menos ele as enxergasse, que o capuz de todos os seus pesadelos fosse desvelado. Não gostaria de morrer olhando para uma onda. Hokan sentiria um laivo de recompensa se fosse possível vislumbrar os causadores das imensas torrentes de água que lavariam a vida do local; contudo, até então, segundo as palavras do imperador Montezuma, apenas um homem, um escravo maia, vira os predadores das baleias.

Na praia, Hokan já era capaz de enxergar os soldados em cima das pedras. Desviou os olhos deles, redirecionando-os para o mar. Estava calmo. Não havia mais ondulações agora do que mais cedo pela manhã, quando caminhara na areia e sentara no mesmo lugar onde naquele momento estavam em pé os militares astecas. Estranha a canoa, presa na rocha, balançando intensamente.

Parou de andar e retomou os passos acelerados, até juntar-se ao grupo. Um deles chegou a olhar para o escriba; os demais, mesmo percebendo sua chegada, não lhe deram atenção. Ninguém parecia capaz de explicar o que estava acontecendo. Parecia ainda não se ter manifestado um sentimento de alívio ou esperança, permitindo uma quebra na corrente de assombro que unia os soldados. O jovem notava que todos fitavam a canoa.

— Será que foram embora? — perguntou um dos soldados.

— Está demorando, não? — opinou outro.

O recém-chegado olhou atentamente para a canoa, não conseguindo ver nada diferente, apenas algumas bolhas subindo.

— Que bolhas...

Então os homens começaram a gritar, soterrando a frase de Hokan. Diferentemente do escriba, fosse qual fosse o terror manifestando-se na praia, os soldados já haviam adaptado seus sentidos a ele, reconhecendo o odor dos maus presságios emanados por aquela fonte.

Instantes depois, uma baleia cinzenta apareceu na superfície. Do lado oposto da canoa, outra veio à tona. Aquele era o motivo de a embarcação estar balançando daquela maneira. Agora os dois animais nadavam em torno da canoa, mantendo visível parte de seus grandes corpos. Uma delas tinha quase o mesmo tamanho da canoa, a outra era ainda maior. Apesar disso, devem ser jovens. Havia exemplares de porte superior ao redor da ilha.

Voltaram a submergir, não demorando a reaparecer. Dessa vez, a menor delas quase virou a embarcação.

— Elas querem destruir a canoa — disse um dos soldados.

Por mais que tentasse, Hokan não conseguia enxergar fúria no comportamento daqueles animais. O que notava era um forte sentimento de alheamento, como se o mundo dos homens não tivesse a menor importância para as duas. Pareciam, de forma sutil, apenas tomar conhecimento uma da outra, e da canoa, tratando-a como um bicho de sua espécie. Para o escriba, desenrolava-se uma brincadeira entre três amigos. Mas o objeto de madeira não afundava, como as baleias faziam constantemente, e talvez elas estivessem tentando corrigir aquela indelicadeza de sua nova e calada colega. Brincadeira ou não, a embarcação corria risco de dano.

— Precisamos nadar até a canoa, cortar a corda e remar para longe delas — disse Hokan, ganhando finalmente a atenção dos companheiros.

Olham para ele, por um longo tempo. Ninguém comenta sua frase, assim como ninguém pula na água. Os homens parecem temer mais as baleias cinzentas do que a idéia de presenciá-las transformar a embarcação em gravetos. Com pressa, Hokan pega uma faca com um dos soldados e atira-se sozinho no mar.

Não está mais com medo. Além de um estranho sentimento de empatia pelas baleias, não pode deixar ser destruído o único meio de transporte capaz de levá-lo embora da Ilha dos Cães de volta para seus aposentos na capital do império.

Nada por seu livro. O jogo delas poderia pôr fim a todos os seus planos. Mas de que importam os planos do mundo seco para aqueles dois animais? Seres conhecedores de um planeta muito maior que o concebido pelo escriba.

Nadando perto delas, ele se sente ainda mais inferior. As águas límpidas da região possibilitam-no ver com mais clareza o corpo da menor; contudo, perdeu a outra de vista. Hokan mantém-se boiando perto da canoa, procurando pela baleia ausente.

Ao mergulhar, consegue encontrá-la. Vê a grande barriga do animal passando como um borrão à sua frente. Ela está embicada para cima. Sobe, ganhando mais velocidade.

Antes de poder também voltar à superfície, Hokan vê quase todo o corpo do animal sumir da água, ficando apenas submersa a ponta de sua nadadeira posterior, ao lado da canoa. Ainda debaixo da água, presencia o retorno da baleia, acompanhada pelos destroços da embarcação.

Hokan volta a tomar ar. Olhando os pedaços de madeira boiando, sua recém-adquirida admiração pelas baleias cinzentas não impede a explosão de ódio dentro dele. Na verdade, é um amálgama de sentimentos. Por um instante, a raiva apenas parece ser o componente de mais destaque. Sem saber ao certo qual o domina no momento, ele nada de volta à praia, com braçadas lentas. Não há pressa para retornar. Tudo o que pode fazer agora é esperar. E não precisará aguardar muito tempo.

Enquanto a desolação toma conta de Hokan, sentado na areia da Ilha dos Cães, na Europa, a lua crescente do Islã paira sob todas...

Capítulo 4

Leio o que escrevi há meses. Desde então a obra está parada, talvez definitivamente. Não consigo mais o ânimo necessário para levar minha mão direita a redigir a próxima palavra. O que não me faltam são idéias. Não é difícil imaginar a derrocada dos impérios europeus frente aos mouros. Mais fácil ainda seria conceber a continuação da história de Hokan, Montezuma e Acat. Como me perdia nesses pensamentos durante minhas noites insones em Santos, sentado em minha cadeira favorita — trazida de Meca — tendo como única companheira a tíbia luz das velas. Imaginava o desenvolvimento das civilizações pré-colombianas longe das espadas de Cortez e Pizarro; uma outra realidade que poderia ter acontecido caso algo impossibilitasse as grandes navegações. A minha fantasia épica, que levaria uma dedicatória a Camões. Sim, agora eu teria folhas e tinta suficiente para isso. Mas nem um maldito leitor.

No dia que coloquei a pena no papel e comecei a redigir sobre esses personagens e a sua pequena ilha no Oceano Pacífico, próxima ao norte do México, de fato, o escritor

Richard Burton renascia. Apenas para morrer uma vez mais, pelas mãos do mais simplório dos homens.

A nêmesis de minha obra foi importante para o manuscrito tomar corpo, confesso. Foi ele quem achou a cabana com o papel. Cedo ou tarde eu mesmo acabaria encontrando, todavia, na história dos descobrimentos, como bem sei, que o importante é quem foi o primeiro a colocar os olhos ou, no caso dele, os dedos. Com exceção, é claro, de Américo Vespúcio, cujas bravatas lhe valeram uma homenagem literalmente do tamanho de um continente.

Até o nome da obra devo a Nikolai, preciso reconhecer. Aproveitando esse raro acesso de gratidão, também darei o devido crédito a esta ilha e ao naufrágio. Não fosse pelo lugar onde agora me encontro, Hokan e a bela Acat não viajariam para a Ilha dos Cães, assim como um Burton dotado de menos conhecimento sobre si mesmo teria começado a história do escriba e da rainha.

E quanto a mim? O que eu recebo em troca de todo o trabalho que tive para produzir este manuscrito inacabado?

Semanas de labor, apenas parando para comer e dormir. Nem mesmo a debandada do sol significava algo impeditivo ao meu processo de criação. Escrevia ao lado da fogueira, quando era necessário, pois, nesta praia, as noites costumam ser de uma beleza singular. A própria lua mostrava o caminho do papel para as minhas palavras.

Durante todo esse tempo, evitei comentar com Nikolai sobre o livro. Estava esperando acumular um número razoável de páginas.

Antes de deslocar a história para a Europa e redigir sobre as conseqüências do não-descobrimento da América para o

Velho Mundo, resolvi mostrar para ele o material produzido até então. Não suportava mais manter a história apenas comigo. Eu continuava completamente possuído pela trama, mas descobri que, mesmo nesta diminuta ilha esquecida, ainda havia espaço e oportunidade para o orgulho e a vaidade. Sendo assim, larguei no chão minha pena e fui ao encalço de Nikolai.

Como supunha, ele se encontrava na bacia formada pelos recifes, tateando a rede de pesca. Por estar absorto com o manuscrito, não prestei muita atenção às atividades de Nikolai nas últimas semanas. Não me preocupei, já que, mesmo com sua cegueira, ele se vira muito bem. Sabe perfeitamente instalar e retirar a rede de pesca, bem como limpar os peixes. Sob a minha incumbência fica a fazer fogo com gravetos e a assar os alimentos. Invariavelmente, peixes.

Naquele dia me aproximei de Nikolai. Ele era capaz de sentir a minha presença a dezenas de metros de distância; contudo, só olhou na minha direção quando eu estava realmente perto de sua pele.

Cumprimentei-o de forma calorosa, como se não o visse há muito tempo — patético, hoje reconheço, dada a nossa situação aqui — e comuniquei minha vontade de dividir a história com ele. Nikolai nada disse na ocasião, mas não tomei isso como um mau presságio.

O ideal seria entregar as páginas para ele, enquanto aguardaria ao seu lado até terminar a análise do texto. Infelizmente, isso não era possível. Delegada à minha voz o papel de seus olhos, li o manuscrito para ele.

Ao fim da leitura, aguardei por seu comentário. Como demorou a externar sua opinião, achei melhor avisá-lo do término da leitura. Faltava escrever o resto da história, informei, já que parecia estar esperando pela próxima página.

Novamente, ele nada disse, como se eu tivesse proferido uma piada desprovida de graça. Não foi por mal, já me convenci. Também acredito que não foi o caso de ele não ter apreciado a história. O maldito provinciano não está nem aí para a literatura, esse é o fato.

Experimentei de imediato uma vontade insuportável de voltar ao Oriente Médio. Suas universidades, seus segredos e seus livros.

Abdul Kassem Ismael, grão-vizir da Pérsia que viveu no século X, para não se desgrudar de sua coleção de cento e dezessete mil volumes quando empreendia suas viagens, teve o trabalho de adestrar uma caravana de quatrocentos camelos que carregavam os livros em ordem alfabética. E aqui estou eu, com um bastardo ignorante capaz de trocar sem hesitação todos os exemplares guardados na extinta Biblioteca de Alexandria por uma gaivota assada. A única coisa que ele parece valorizar são os malditos cães de madeira, confeccionados incessantemente por suas mãos. Um dia essas peças me inspiraram, me intrigaram, e agora apenas me irradiam uma grande carga de irritação.

E que grande leitor poderia ter sido Nikolai, cheguei a pensar. Bem diferente de certos esnobes londrinos. Caso minha história fosse publicada na Europa, posso imaginá-los, nas reuniões da Real Sociedade Geográfica Britânica, listando as inverossimilhanças das sociedades criadas por mim. Imbecis! Num livro habitado por monstros marinhos, como poderiam colocar a fantasia à mercê dos estudos dos fenômenos culturais, como poderiam contestar a engenharia de uma ilusão?! Meses atrás, foi libertador produzir ciente de que nenhum desses petulantes leria minha obra. Agora, eu barganharia o silêncio de Nikolai pela crítica mais corrosiva já emitida.

Durante todos os meses transcorridos desde o abandono da história, pouco conversei com Nikolai. Tenho certeza de que hoje falei menos que ontem, e amanhã haverá um silêncio de intensidade ainda maior.

Ele não parece sentir falta de nossos diálogos. Cada vez mais, está mergulhado em suas pequenas esculturas. Já deve ter passado de uma centena delas. Todas iguais. Se há alguma variação significativa entre dois de seus cães, foi por descuido. Permanecendo nesse ritmo, em menos de um ano o lugar estará desmatado, não sobrando sequer um graveto para eu assar os peixes.

Continuo com o manuscrito em minhas mãos. Nesta manhã o li três vezes. Bem provável que manusear essas páginas fará parte de minha rotina até o fim de meus dias nesta ilha. Pelo menos, uma vez por semana, acabarei passando meus olhos nelas. Não por gostar das frases inseridas no papel, mas por realmente não ter mais nada para fazer por aqui. Até o texto encontrado na cabana eu acabo freqüentemente olhando, mesmo só compreendendo meia dúzia de suas palavras.

Não me parece perda de tempo; afinal, tenho muito dele para esbanjar. Fui deixado aqui, com todos os instantes de minha vida, só que as atividades em que gostaria de gastá-los estão fora de meu alcance. Longe do que gostaria de estar realmente fazendo, toda essa imensurável quantidade de segundos serve apenas para pavimentar o pior dos infernos.

Além de acender fogueiras, tarefa que hoje já cumpri, não sobra mais nada para eu me ocupar. E, entre escrever, sabendo que ninguém nunca lerá meus textos, e ficar horas de barriga para cima, deitado na areia, observando com o canto dos olhos os siris correrem para seus buracos, fico com a última opção. Não por preguiça — e ela é, de certa forma, uma força invencível nesta ilha — e sim por fazer mais sentido.

Outra desvantagem do lugar é não poder dar aos meus olhos um longo descanso da figura de Nikolai. Por mais que me esforce, sou impotente ante o fato de essa ser uma pequena ilha, e meu desafeto um homem gordo.

Lá está o desgraçado, vindo com a rede cheia. Será que não poderia saber que hoje não desejo comer? Preciso controlar meu mau humor. Não foi intencional o desprezo dele por minha obra, e talvez eu cultive esse rancor somente para ter mais alguma ocupação por aqui. De qualquer forma, está na hora de colocar meus dotes de embaixador em ação, criar nesta praia uma missão diplomática hábil o bastante para impedir Richard Francis Burton de enfiar na garganta do brasileiro um graveto em chamas, após ouvir dele como a pescaria foi proveitosa.

— Não vai acreditar no que pegamos hoje, Burton — diz com altivez Nikolai, aproximando-se da fogueira.

Ao ouvir a frase, inevitavelmente me lembro de minha esposa. Ela costumava reclamar de minha falta de paciência. Eu passava meses fora numa expedição, e, quando retornava já em minhas primeiras horas em nossa casa, era capaz de discutir com ela por algo tão frívolo como ter deixado a água do chá ferver, queixava-se minha esposa. Gostaria de ter Isabel ao meu lado agora, por uma infinidade de motivos, e também para presenciar a aparente calma destilada por mim neste momento, a maneira como oculto minha raiva de Nikolai e ajo como um cavalheiro.

— Qual é o prato de hoje? — pergunto, de forma polida.

— Disparado, o melhor do ano. Não vai acreditar, mas pegamos seis baitas tainhas. E o melhor... Uma delas está com ovas. Pena não termos conseguido ainda uma lagosta graúda, daí sim você iria ver o que é comer. Mas também já seria pedir demais para o velhinho lá em cima. E toda a sorte de hoje pode significar que amanhã não conseguiremos nada tão gostoso. Por isso Burton, quem sabe a gente não come todas agora, hein? De minha parte, nem chega a ser um esforço.

Fico feliz com a notícia. Não pelo cardápio e sim por saber do tempo necessário para limpar tantos peixes grandes. Por uma meia hora, ele estará entretido, deixando-me em paz.

— Preciso que faça algo para mim, Burton. Pela manhã, enquanto esculpia, cortei minha mão esquerda quase até o osso. Olhe aqui. Se eu segurar as tainhas, o ferimento vai acabar abrindo. Acha que pode limpá-las?

— Será a primeira vez. Talvez demore um pouco, mas não temos pressa.

— Fale por você. Estou louco para comer essas tainhas. Por isso é melhor parar de conversa mole e começar logo a trabalhar — diz Nikolai, desmanchando sua falsa ordem com uma gargalhada. Como já aguardava, aproximou-se e deu uma leve batida no meu ombro com a mão espalmada, para o caso de eu não ter entendido sua brincadeira. Fazendo uso da mão machucada, entrega-me a rede de pesca.

— A ova nós podemos comer crua mesmo. Será nosso caviar. Está bem para você, Burton?

Eu já nem sou mais capaz de lembrar o significado de "está bem", mas respondo que sim, que está bem para mim. E, no mais, as tainhas, com ovas ou não, já fizeram com que conversássemos mais no último minuto do que no mês passado inteiro. Não que eu goste disso.

— Aposto que já comeu bichos bem esquisitos nas suas viagens por todo o planeta.

— Sim. E partes bem estranhas desses bichos esquisitos.

— Quais?

— Fritadas de pênis de macaco, sopa de miolos de camelo, espetos de grilo, entre outras coisas. Resumindo, pense em qualquer bicho vivo e nas partes que podem ser retiradas com uma faca. E nem vou entrar em detalhes a respeito dos temperos ou mesmo o nome desses pratos, caro colega.

— Algum progresso com as armadilhas?

— Como?

— As aves que estão pousando na ilha, você disse que talvez pudesse bolar uma forma de apanhá-las.

— Tentei lembrar de uma armadilha, ensinada por um amigo africano. Recordei-me daquele dia, com clareza. Inclusive do outro assunto em que eu estava pensando, no momento da explicação sobre como era montada a engenhoca. Na ocasião, pensei ser desnecessário ouvir.

— Espero que tenha escutado as minhas instruções de como fazer a nossa rede de pesca. Um dia destes, algum tubarão poderá me abocanhar, enquanto estiver dando uma cagada no mar. E como você vai se virar?

Ele não deveria se preocupar com isso. Não tenho tanta sorte. Termino a limpeza do primeiro peixe e o entrego a Nikolai.

— E quanto aos falcões? Costumava caçar usando eles, não?

— Sim, como já lhe havia dito, um bom tempo atrás. Depois de bem adestrado, o falcão pode capturar outro pássaro em pleno vôo e trazer a presa para seu dono. Eu era tido como o melhor treinador de toda a Europa. Meu livro sobre falcoaria fez bastante sucesso.

— E não pode treinar uma destas gaivotas para voar até a gente e já ir se deitando em cima do fogo? Tinha algo assim no seu livro?

— Não.

— Então precisamos torcer para aparecer algum falcão por aqui. Burton...

Nikolai interrompe sua fala, correndo metodicamente os dedos pela tainha que lhe entreguei.

— Espere um pouco. Pegue o peixe de volta. Ainda não está bem limpo.

Olho com atenção o peixe devolvido. Na minha opinião, ele está pronto para ser assado.

— Não sei qual é o problema — afirmo.

— E eu que de nós dois sou o cego.

Nikolai atira-se para trás, desnorteado pela intensidade de suas gargalhadas. Com as costas na areia, continua a falar:

— Passe os dedos na extremidade onde se encontrava a cabeça, próximo ao corte que fez. Está notando? As escamas continuam todas ali. Estou falando isso para que aprenda direito. Já que sempre está com este tom de voz de quem se sente de saco cheio, pode tentar adquirir comigo todo o conhecimento dos pescadores catarinenses sobre peixes. Acredite, não há nada mais importante para termos dentro da cabeça por aqui.

De fato, ele foi preciso ao descrever o sentimento carregado por minha voz. E, se ele pudesse olhar meu rosto, constataria também que estou sempre com esta expressão de quem está de saco cheio. Mas poderia ser diferente. Bastaria Nikolai, meses atrás, ter expressado alguma reação com a leitura de meu manuscrito. Uma simples mentira da parte dele, como "história magnífica, Burton. Mal posso esperar pelo final", seria o suficiente para eu estar neste momento escrevendo, para minha voz transportar entusiasmo até seus ouvidos ignorantes. Como seria grato a ele por essa farsa.

Levanto-me, segurando o peixe rejeitado pelo seu inoportuno controle de qualidade. Como é espontâneo o meu amigo. Quem sabe esteja na hora de eu também me abrir. Arremessar toda a minha sinceridade em seu rosto. Sim, mas sem escamas.

Ainda em pé, termino a limpeza do peixe. Passo os dedos na tal extremidade; lisa como um rosto imberbe.

Mantenho meus olhosdequemestádesacocheio bem abertos e atiro a tainha. Ela sobrevoa a fogueira que me separa de Nikolai, e então atinge o alvo. Como ele continua deitado de costas na areia, é alvejado na imensa pança. Por uns 40 centímetros, o inusitado projétil acabou desviando-se do local de minha mira. Pela sua reação, pouco importaria ter jogado na face ou na barriga.

Atônito, Nikolai balbucia sons desconexos; sílabas ásperas são espremidas pelo seu aparelho vocal. Parece estar querendo fazer uso de um inexistente preciosismo para escolher o que vai me dizer. Mas agora é tarde.

Em silêncio me retiro, carregando meu manuscrito e a faca. Caminho um bom tempo pela praia, até circundar toda a ilha e deparar-me novamente com o vulto de Nikolai. Não chego perto o suficiente, mas imagino que sua cara de espanto ainda não se tenha esmaecido. Entro na mata, e uma meia dúzia de espinhos depois encontro um lugar para sentar com vista para o mar.

Permaneço no mesmo ponto, tirando com a faca os espinhos de meus pés. Após remover o último, continuo imóvel por horas, até poder contemplar a luz zodiacal no horizonte. Assim que a noite cai, sinto uma outra força irrompendo junto com a lua. Um robusto sentimento de culpa que já deve encontrar-se na praia, seguindo minhas pegadas deixadas na areia. Não tardará a achar a trilha na mata e chegar até mim.

E esse remorso não se deve apenas ao incidente com Nikolai. É algo mais depurado, que estava evitando confrontar há meses. E ainda continuo.

Não posso entregar-me às recordações de Isabel.

Mesmo que tente resgatar só os bons momentos — e não foram poucos —, a lembrança desses dias felizes me tornaria mais culpado ainda, ao reafirmar o fato de que foi essa mulher, tão esforçada em agradar-me, que eu constantemente abandonava.

Às vezes fazemos coisas com as quais não conseguimos conviver, mas continuamos convivendo. Para tanto, há toda uma área cercada em meu cérebro, em que não me atrevo a pisar, sendo contornada constantemente. Evito desesperadamente os pensamentos capazes de me lembrar de que fui um péssimo marido para uma diligente esposa. Isabel presenciou todas as promessas feitas por seu homem serem quebradas em nome de uma vida dedicada aos livros, às aventuras. Um homem que, em décadas de casamento — constituído por alguns períodos durante os quais ele precisou viver às expensas da herança de sua mulher, quando as expedições exauriam seus recursos —, nem sequer descobriu o prato ou a cor favorita da esposa.

Antes de estar preso aqui, reconfortava-me com a idéia de achar que não amava mais Isabel. Sendo assim, não deveria ser tão duro comigo mesmo; de certa forma também era uma vítima, preso a uma pessoa não por amor e sim por pena e pelas amarras do puritanismo inglês.

A saudade que sentia dela punha em xeque essa falta de amor durante as minhas viagens. A saudade... A saudade inclemente sentida agora, que não pode ser aliviada com a memória.

Olho para o mar.

Pelo mar, ela viria.

Já faz quase um ano que Isabel recebeu a notícia do naufrágio do Polka Tulk, calculo. Provavelmente se encontra em Londres, trajando um vestido negro. Ela não deve fazer um juízo tão pesado sobre mim. Afinal, sou um homem morto, e falecer é a maneira mais eficiente de alguém elevar-se no conceito das outras pessoas.

De forma misericordiosa, vem-me à mente uma outra recordação, a lembrança de um desejo, tido ainda no Brasil. Em Santos, cheguei a cogitar a idéia de tornar-me muçulmano. Na época, decidi esperar estar estabelecido em Damasco para então oficializar minha decisão, e de uma vez por todas seguir com devoção todos os ensinamentos do Alcorão. Estranho ter esquecido completamente este assunto.

Não é tarde para isso. Tenho todo o livro de Maomé em minha cabeça, e também, guiando-me pelo sol, sei qual é a direção de Meca, podendo desencadear para lá minhas orações. Certamente, tenho tempo para as cinco preces diárias. Quanto a não comer carne de porco e ingerir álcool, acho que posso fazer esse sacrifício. E a respeito de outro fundamento do Islã, a guerra santa contra os infiéis, acredito já ter começado minha modesta *djihad* por aqui, empunhando uma tainha em vez de uma cimitarra.

Não é tarde para o islamismo, nunca é, mas me parece que tenho outra coisa a fazer. Algo que talvez não seja só mais um capricho de minha parte. E mesmo que fosse levar a sério minha conversão não seria ela que me removeria de toda esta culpa cristã — ou exclusivamente minha, o mais provável — que carrego. Busco o manuscrito ao meu lado e leio a última frase inacabada.

Pode ser.

Só que, sendo sincero aos fatos, o Oriente Médio não me diz mais respeito. Muito menos a Europa. Tudo que existe agora é uma pequena ilha, próxima à América. Uma péssima idéia, esta que acabo de ter. Mas que maravilhosa péssima idéia.

Capítulo 5

Koniila grita mais uma vez. Com os olhos focados no mar, é incapaz de enxergar o rosto do infatigável carrasco que golpeia seu dorso. No chão, a vegetação rasteira encontra-se coberta de gotas vermelhas, borrifadas pela violência do castigo impingido ao soldado. Ele continua a olhar o mar, observando dezenas de nadadeiras emergirem, enquanto outras voltam a se ocultar nas águas. Desde a destruição da canoa, já triplicara o número de baleias cinzentas na praia. Fecha os olhos. Novamente, o chicote feito com fibras de maguei aterrissa nas costas de Koniila. Ele berra, pela quadragésima quarta vez hoje — para quem estiver contabilizando.

Não é o caso de Hokan. Calado, acompanha a punição do soldado. Só agora, observando seu colega seminu, se dá conta da obesidade do mesmo. Estranha não ter reparado antes nesse detalhe. Sim, Koniila era realmente gordo. E um ladrão. Por isso estava sendo castigado.

Seu crime: ter roubado um peru.

Ir até as gaiolas e pegar furtivamente uma das aves foi a

parte fácil do golpe, executada com maestria por ele. Chegou até mesmo a depená-lo. O difícil seria acender uma fogueira sem ser visto. Justo quando espetava o alimento num graveto, foi flagrado pelos outros soldados. Conforme seu código militar, estava agora enfrentando as conseqüências do delito.

Neste momento, Hokan recorda-se de algumas outras coisas reveladoras sobre Koniila. Nas noites em que beberam pulque juntos, o soldado demorava-se demais com a garrafa. Entregava o frasco já quase vazio a Hokan, apenas quando este cutucava o braço do amigo. Ex-amigo, afinal, não o conhecia direito. Embriagado, não notara os indícios de uma índole egoísta.

Mesmo assim, acha desnecessárias as chibatadas. Não por pena do soldado ou pelo fato de não ingerir carne de peru, e sim porque aqueles animais não serviriam para muita coisa. Dali a cerca de duas semanas iriam todos morrer. Os perus, os soldados, os escravos, todos. Que Koniila comesse as poucas aves restantes nas gaiolas, então.

Antes que terminasse a punição de Koniila, o escriba abandonou a praia. Caminhou até o acampamento, dirigindo-se à cela de Acat, ou melhor, à cabana da mulher, como ele preferia denominar, já que a esposa de Montezuma não era mais uma prisioneira, continuando na cela porque assim desejava.

Parou diante da porta aberta. Acat estava sentada, com as costas escoradas na parede. Pelas frestas dos bambus, entravam lanças de luz, empurradas pelo sol do começo da tarde. A mulher pendia levemente a cabeça para uma delas, tendo um lado de sua face iluminado.

— O que deseja, Hokan? — perguntou Acat.

Dias atrás, durante a primeira conversa dos dois, ele imaginara o que seria necessário para ela parar de chamá-lo de "rapaz", o que teria sido possível ao ouvi-la pronunciar seu nome.

Um exército de baleias, a única canoa destruída, uma emigração eminente de tenebrosos monstros marinhos e a morte certa de todos. Ali estava a resposta.

Ou, encontrava-se em dúvida Hokan, poderia ser algo mais fantástico do que todas aquelas coisas juntas: ter ouvido de seus lábios o perdão de Montezuma.

— Vim ver se permanecia na cela.

— E para aonde mais eu iria?

— Andar pela areia, talvez. Deixar de apenas ficar tomando o sol fracionado desta masmorra. Ou, quem sabe, até assistir ao espetáculo que está ocorrendo agora na praia: o açoitamento do ladrão de perus. Uma atividade bem ao agrado da realeza, acredito.

Durante a primeira conversa dos dois, Hokan também imaginou o que seria necessário para dizer a ela as coisas que realmente pensava, o que seria preciso para fazê-lo desembainhar sua própria ironia e duelar sem amarras contra ela.

Um exército de baleias, a única canoa destruída, uma emigração eminente de tenebrosos monstros marinhos e a morte certa de todos. Ali estava novamente a resposta. Algo que parecia estar legitimando todas as mudanças de comportamento na Ilha dos Cães.

— Concordo, qualquer evento que envolva sangue parece ser do gosto de reis e rainhas. E mais ao gosto ainda dos abutres que os cercam, pessoas, por exemplo, como os escribas, que precisam preencher manuscritos com as carnificinas do imperador, usando sinônimos e adjetivos engraçados, para não dizer imprecisos. Mas apóio seu comentário, Hokan. Sorte não haver ninguém da nobreza na ilha, só uma prisioneira. E nunca deixarei a minha cela.

Os raios de sol incididos no ambiente desentocavam uma história bem diferente. Com nitidez, Hokan pôde constatar a ausência de lama nos longos cabelos negros dela. Da mesma forma, sua pele estava livre da sujeira da cela. Escondida de todos, ela havia ido banhar-se no mar. Mas preferia continuar com a sua pose, decidida a agarrar-se ao seu orgulho avariado até a inundação da ilha.

Ele sabia. Vira nos olhos dela, no dia do acidente: caso houvesse um meio de sair dali, Acat voltaria para Montezuma.

— Vou dizer por que realmente estou aqui. Seria pedir muito me contar a história da Ilha dos Cães, o porquê desse nome? — clama Hokan.

— Não, não seria pedir muito. Mas hoje não estou disposta a fazer nem o mínimo que poderiam me solicitar.

— Só uma história.

— Ora, se não estou enganada, era você o homem das histórias. Invente uma, não fará diferença.

Ele sabia reconhecer quando estava derrotado. Ergueu o braço, despedindo-se. Já se encontrava fora da cela, quando a voz de Acat puxou-o de volta.

— Há mais alguém que conhece algumas coisas sobre a ilha, Hokan.

— Quem?

— Hum, isto já seria uma outra história, não é mesmo? Mas, tudo bem, acho que essa eu posso contar. Vou omitir algumas coisas importantes para compensar esse ataque súbito de generosidade — diz Acat, sorrindo com os lábios cerrados.

Hokan cogitou a idéia de ela estar mentindo, logo descartando essa hipótese. Só alguém muito sádico ou medíocre gastaria seus últimos dias de vida com falácias. Acat não estava em nenhuma dessas categorias, julgou.

— Quem é a pessoa?

— Um dos escravos.

— Um dos guerreiros incas?

— Não, ele não é inca. Nem soldado. Ele é... Estou tentando lembrar a palavra empregada por ele... Vikrin. Ele é um vikrin. Foi isso o que me disse.

— Vikrin... Quando conversou com ele?

— Na minha viagem para cá. Ele estava sentado à minha frente. Um dos soldados ordenou a ele que começasse a remar. O homem ficou olhando, como se não tivesse entendido a ordem. Outro soldado repetiu a frase, dessa vez na língua inca, e ele continuou com um ar confuso. Então levou um golpe de remo na cabeça, uma mensagem entendida por qualquer cultura.

— E então?

— Após recuperar-se, disse algo, bem baixo. Mas eu ouvi. Tratava-se de um insulto falado num idioma maia, percebi, já que corre em minhas veias sangue estrangeiro. Antes do tratado de cooperação, minha mãe, uma princesa maia, foi feita escrava durante a queda de sua cidade. E foi trazida para Tenochtetlán por meu pai, um bravo guerreiro asteca. Deixe-me contar-lhe uma breve, mas bela história. Em sua primeira noite em nossa capital, minha mãe foi violentada por todos os homens da casa de meu avô. Anos depois, participou altiva, com todas as honras possíveis, da cerimônia de casamento de sua filha com o imperador Montezuma. Por sinal, o homem responsável por ordenar a invasão da comunidade onde ela vivia. Então...

— O que ele falou, o tal vikrin maia?

— Estava lhe contando uma história, quando me interrompeu.

— Outra hora, Acat. Fale-me do comentário do maia sobre a Ilha dos Cães.

— Não. Já que não está interessado em minhas histórias, não contarei o resto. Não se preocupe, talvez não seja uma falta de sua parte. Talvez eu esteja só decepcionada com a minha incompetência como narradora. Informei ser uma história comovente, e olhe para você. Nenhuma lágrima — falou, meneando de forma exagerada a cabeça.

Mais uma vez, Hokan encontrou-se desprovido de alternativas. Sabia não possuir nenhum argumento capaz de convencer Acat a lhe contar a história, destituí-la de seu prazeroso silêncio. Da mesma forma, sentia-se incapaz de frear a irritação que crescia dentro dele. Se continuasse na sala, apenas impropérios sairiam de sua boca. Precisava fazer uma última pergunta, antes de sair.

— E o nome deste...

— Vikrin — completou Acat, furiosa.

— Sim. Qual é?

— Sinceramente, não lembro. Nem sei ao certo se ele chegou a dizer, conversamos muito pouco. Com certeza eu não perguntaria o nome de um escravo maia. Até se eu quisesse, não poderia ajudá-lo neste assunto. E certamente não quero. Agora pode ir embora, lacaio de merda.

Com os olhos fixos na mulher, Hokan comprimiu suas órbitas, como se o lento fechar delas pudesse esmagar Acat. Mesmo com todas as complicações surgidas à medida que a sua civilização ganhava complexidade, originando estorvos como a burocracia, impostos e a perpétua luta por ascensão dentro da hierarquia político-social asteca, Hokan sabia que tudo aquilo não podia causar mais dor de cabeça aos homens do que uma força criada pela própria natureza: as mulheres. Uma fonte de aborrecimento que se encontrava junto aos machos de sua espécie antes mesmo da fundação da primeira aldeia e que durante todos esses incontáveis anos vinha apurando suas técnicas de assalto à serenidade masculina, pensou o escriba naquele momento.

Ele procurou dentro de si uma frase, competente o suficiente para acender uma fogueira de calor infinito ao redor da rainha, alguma sentença que pudesse arremessar no cérebro da mulher e ali ficasse por dias, atormentando-a.

Não conseguiu pensar em mais nada. Então abandonou a cela, trôpego de tanta raiva.

Restava-lhe apenas ter uma conversa com o tal maia; contudo, caso Acat estivesse falando a verdade — já que errara ao julgá-la desprovida de sadismo, poderia muito bem estar equivocado quanto a ela não ser uma mentirosa medíocre —, isso não garantia a Hokan a revelação da história.

O único lugar onde o homem poderia encontrar-se era a prisão dos guerreiros incas. E esse mostrava-se outro problema. Após a rendição dos maias, eles passaram a ser odiados pelos incas. Nenhum maia sobreviveria muito tempo no meio daqueles carniceiros. E mesmo sendo possível a permanência dele na prisão, como iria descobrir quem ele era? Não sabia o seu nome, muito menos a sua aparência.

Hokan precisava engendrar alguma forma de encontrar o vikrin, fosse lá o que essa palavra significasse. Faltando poucos passos para chegar na prisão, forçou a cabeça.

Finalmente, teve uma idéia; entretanto, não uma que o auxiliasse naquela situação. O que veio à sua mente era a frase buscada com tanta intensidade momentos atrás, quando precisara devolver a ofensa de Acat. Cogitou voltar e acertar sua dívida com ela, corrigir seu fracasso, mas as grades do cárcere dos escravos já estavam próximas demais.

À frente da cela, os soldados encontravam-se sentados e não se ergueram com a chegada de Hokan. Era difícil para eles conservar a postura. A julgar pelas feições das sentinelas, não havia mais diferença entre quem se encontrava fora ou dentro da prisão. Agora, estavam todos encarcerados na ilha, aguardando pelo inevitável sacrifício. Alguns soldados costumavam passar o dia inteiro olhando para o oceano, esperando pelos gigantescos algozes ou, quem sabe, por alguma mítica canoa de resgate.

A única forma de obter a informação de que necessitava era sendo direto, deduziu Hokan. Mas precisava agir com discrição em relação aos demais prisioneiros. Percebeu que um dos soldados sentados próximos à prisão era Saha, o líder dos militares na ilha. Ele era a pessoa mais habilitada para ajudá-lo. Sendo assim, agachou-se ao lado dele e sussurrou ao seu ouvido:

— Há algum maia na cela, Saha?

— Um maia na cela?! — berrou o soldado, levantando-se num átimo.

Hokan sinalizou com sua mão para que o homem mantivesse o controle, antes que a sua frase se espalhasse pela prisão como fogo num depósito de palha. Por sorte, os cativos mais próximos não pareciam dominar o nahuatl, idioma dos astecas.

— Não veio nenhum maia para esta ilha? — insistiu Hokan.

— Não, de forma alguma. São todos guerreiros incas.

A resposta só conseguia aguçar ainda mais a curiosidade do escriba. A afirmação de Saha não significava nada. Devido às muitas horas passadas ao lado de Montezuma, ele sabia que algumas informações eram omitidas até mesmo dos altos oficiais, quanto mais de alguém como Saha. Freqüentemente, os militares realizavam missões desconhecendo a real finalidade das ordens do imperador. O jovem precisaria tentar uma outra abordagem.

— Desde que os guerreiros incas foram trazidos para cá, algum deles morreu? — perguntou Hokan.

— Não, de forma alguma. Todos os anos são sacrificados noventa escravos. Este ano não será diferente. Não passava um dia sem que os contássemos, e sempre o número era noventa. Nenhum morreu, posso assegurar.

Hokan iria perguntar quando havia sido a última contagem, mas acreditou saber a resposta. Depois da destruição da canoa, o procedimento devia ter sido abandonado. Apelou ao seu último recurso.

— Antes de deixar Tenochtetlán, recebeu ordem de dar atenção especial a algum prisioneiro?

— Não, de forma alguma. São todos iguais, com os mesmos direitos de um guerreiro aprisionado.

Sim, e agora haviam sido estendidos para os demais habitantes da ilha os direitos e esperanças de um guerreiro aprisionado. Se havia alguma diferença, estava na alimentação: peru para os astecas e milho para os incas. Como Hokan preferia o milho à carne da ave, dava tudo na mesma para ele.

Estava prestes a sair, todavia, teve um lampejo.

— Tem conhecimento de algum prisioneiro mudo?

Em sua cabeça, Hokan já ouvia "não, de forma alguma", esperando o soldado fazer coro com o seu pensamento:

— Não, de forma alguma.

Pela segunda ou terceira vez naquele dia (ele não estava contando), o escriba encontrava-se novamente sem recursos. Suspirou, então agradeceu a Saha e deu meia-volta. Poderia, naquele instante, retornar à cela de Acat e devolver o desaforo da rainha, contudo, esquecera-se completamente da frase que havia bolado. Esmiuçava sua memória, quando ouviu o chamado do soldado.

— Mas tem um deles que é surdo — assinalou Saha.

— Fale-me desse escravo — solicitou Hokan, entusiasmado.

— Sim. Alguns dos guardas comentaram algo a respeito de um escravo que não parecia escutar. Viram vários outros prisioneiros berrando com ele, e o tal sujeito nem olhava, como se nenhum som chegasse até seus ouvidos. Acabei também presenciando uma dessas cenas. Mas foi só na primeira semana, depois os demais acabaram desistindo de falar com ele, concluíram que era surdo.

— E não o mataram?

— Não, de forma...

— Sim, já sei. Eles eram contados todos os dias.

— Exatamente.

— Poderia trazê-lo até mim?

— São noventa prisioneiros contra nove guardas. Oito, descartando o infrator amarrado em dois coqueiros na praia.

A única coisa que mantém os incas quietos aí dentro é a grande resistência da cela. São dezesseis mil, duzentas e vinte e uma varas de madeira, presas com cinco mil, oitocentos e setenta e nove pedaços de corda. Sem objetos afiados, eles não podem avariá-la. O milho e a água depositamos através das grades. Seria impossível retirar um preso do interior da prisão sem que os oitenta e nove restantes saíssem. E se isso acontecesse estaríamos todos... — Saha interrompeu sua fala. Somente seu atrofiado senso de humor o impedia de achar graça da palavra quase proferida por ele.

— Mortos — completou o escriba.

— Exatamente. A menos que o prisioneiro caminhe até a porta, para que seja aberta rapidamente e ele arrancado da cela, não há como trazê-lo até aqui — informou o soldado, tentando ser mais prático do que zombeteiro.

— Mostre-me quem ele é.

O militar aproximou-se das grades, executando uma varredura com os seus olhos. Considerando a quantidade de detentos, a prisão não era muito grande. Eles conviviam num sistema de revezamento. Na área perto de Saha e Hokan encontrava-se metade dos prisioneiros, alguns agachados e outros em pé, todos bem espremidos — jogados uns contra os outros pelo frio e pelo perímetro opressor. Mais afastada do soldado e do escriba, num espaço maior, ficava a porção da cela reservada àqueles que no momento usufruíam do turno invejado do rodízio: o que concedia o direito de adormecer.

— Quando o achar, não aponte. Afaste-se, e só então me descreva o sujeito — instruiu Hokan.

— Certo. Mas precisamos circundar a cela, daqui não é possível enxergá-lo.

Contornaram a construção. Mesmo daquele lado, Saha não parecia estar obtendo sucesso em sua busca.

— Será que ele não está ali com os outros, dormindo? — perguntou Hokan.

— Espere. Acredito tê-lo encontrado. Sim, é ele — anunciou Saha, fitando longamente um ponto na cela, procurando capturar todos os detalhes da imagem em sua mente.

Fiel às instruções de Hokan, o soldado tomou distância. Esperou o escriba ficar ao seu lado para descrever o prisioneiro. Pensativo, Saha nada disse. Por várias vezes, abria levemente os lábios, fechando-os rápido, impedindo no último momento a fuga das frases que julgava imprecisas.

— Não é fácil descrevê-lo. Todos vestem só uns trapos, e estão judiados a tal ponto que fica quase impossível encontrar uma parte da anatomia deles capaz de chamar a atenção. E o seu homem infelizmente não perdeu nenhuma orelha, nariz ou membro.

Ele voltou a pôr a cabeça para funcionar. De repente, levantou o indicador, sinalizando uma possibilidade.

— Bom. Procure o prisioneiro com o rosto mais arrebentado. É ele.

Dirigindo-se às grades, Hokan entendeu a dificuldade de Saha. Estudando os prisioneiros atentamente, constatou ferimentos horríveis, uma visão para a qual não estava preparado devido à sua rotina no palácio. Os prédios do governo em Tenochtetlán podiam não passar de grandes serpentários, edificações superpovoadas por silenciosas redes de intrigas que afrontavam a paz de espírito do escriba; entretanto, aquelas agressões esterilizadas eram incapazes de causar a náusea física sentida por Hokan naquele instante.

De fato, tratava-se de uma pilha de retalhos humanos. Era aquele o prêmio para os guerreiros talentosos o bastante para não tombarem no campo de batalha. Enquanto os menos habilidosos com a espada recebiam uma morte rápida, a nata do exército inca ficava agonizando por meses. O conceito lhe soava familiar. No momento em que os escribas medianos desfrutavam do conforto da capital asteca, um dos melhores do império estava na Ilha dos Cães.

Até que, em meio àquela manada de hematomas e amputações, pôde divisar um rosto aparentando estar um pouco mais castigado do que os demais. Haviam batido para valer naquele pobre coitado. A carne ao redor dos olhos estava muito inchada, possivelmente até usurpando parte de seu campo de visão. Sentado, mirando o solo da prisão, o homem não tomou conhecimento da presença de Hokan.

Analisando aquele homem, Hokan sentiu-se inclinado a acreditar que ele realmente não passava de um guerreiro inca e não de um maia, fingindo-se de surdo e mudo para não ser delatado pelo próprio idioma. Pela surra que levara, não seria de admirar sua surdez. Por outro lado, seu rosto destruído serviria como a máscara perfeita para ocultar os poucos traços díspares entre incas e maias. De qualquer forma, mesmo que fosse apenas uma enorme perda de tempo tentar comunicar-se com o tal vikrin, ele nada mais teria para fazer; aquela distração já lhe seria benéfica.

Maia ou inca, surdo ou não, era impossível chamar o detento sem despertar a atenção dos demais.

— Eles já comeram hoje? — perguntou Hokan.

— Não, de forma alguma. Ainda não jogamos o milho, nem enchemos os tachos de água. Acho que podemos servir agora — respondeu Saha, esticando o pescoço, tentando encontrar algum outro soldado.

— Aguarde só um pouco. Vou até minha cabana. Quando retornar, poderá alimentá-los.

Hokan tinha um plano. Não um grande plano, mas que mal teria? Já na cabana, abriu uma pequena caixa. Ali estava. Era só o de que necessitava, caso tudo corresse bem. Se desse errado, usaria o conteúdo nele mesmo. Não tinha como sair perdendo. Às vezes, até conseguia ver aspectos positivos no seu confinamento na Ilha dos Cães. Não estava ele agora livre do descontentamento gerado pela tarefa de preencher fatigantes manuscritos sobre o reinado de Montezuma? Quantas vezes não cogitara orar para os deuses, apesar de toda a sua descrença neles, clamando por ficar pelo menos alguns dias sem precisar ouvir a voz do imperador?

Na outra caixa presente na cabana residia a justificativa da tragédia, a responsável por remover da sua mente todas as vantagens de seu isolamento. Abrindo-a, vislumbrou suas antigas ferramentas de trabalho: papel e tinta negra. Poderia usá-los para finalmente escrever sua história. Caso trabalhasse pesado, talvez terminasse a obra antes da chegada das criaturas. Mas de forma alguma faria isso. Não ali, na Ilha dos Cães.

Isso não significava que a escrita não podia mais lhe ser útil.

Como era a obrigação de todos os escribas e mensageiros do palácio de Montezuma, o jovem dominava tanto os principais dialetos incas como os maias. Também conhecia a escrita desses últimos. Já os incas apenas faziam uso da palavra oral. Os nobres de Tenochtetlán viam isso como mais um motivo para a queda daquela civilização. Hokan dava de ombros ao ouvir os comentários. Pelo que podia perceber, a escrita não fazia falta alguma aos incas. E com um idioma a menos para aprender a escrever podia tornar-se proficiente na reprodução dos glifos e afixos maias. Não que sua tarefa agora exigisse grande fluência. Bastava uma frase. Ele demorava a finalizá-la; afinal, aquela seria a última vez que redigiria algo em sua vida, acreditava.

Carregando sua obra final, voltou à prisão. Saha, ao notar seu retorno, convocou mais dois soldados para buscarem o milho e a água. As freqüentes chuvas que caíam na ilha impediam o desabastecimento de água; todavia, também eram responsáveis pela intensificação do frio.

Assim que Saha e seus soldados começaram a depositar o farelo de milho na cela, Hokan posicionou-se próximo ao pretenso vikrin maia, observando parte dos que estavam adormecidos se levantar e caminhar em direção aos montes de comida. Acreditando ser aquele o meio mais eficiente, arremessou o papel embolado no rosto do homem. A bola bateu onde um dia fora uma testa, caindo na frente dele.

Para surpresa de Hokan, o homem saiu de seu estado de estupor e olhou com interesse para o objeto. Continuou fitando o bilhete amassado, até o desaparecimento do mesmo, embaixo do pé de outro prisioneiro. O dono do pé não pisou por querer, nem sequer estava ciente do papel em sua sola. Apenas de passagem em direção aos tachos, logo ele liberaria a mensagem.

Enquanto seus companheiros de cárcere enchiam a boca com o grosso farelo de milho, o alvo de Hokan continuava sentado, analisando a bola de papel. Movendo lentamente sua cabeça, procurou o ponto de onde ela poderia ter partido, até seu olhar cruzar com o de Hokan. O escriba espalmou as mãos e fez uma expressão exagerada, arregalando seus olhos focados nas mãos abertas. Certificando-se de que a atenção do homem continuava nele, o jovem juntou as mãos, dando uma forma oval à união; então as separou, desintegrando o círculo. O prisioneiro o mirou por mais alguns instantes, desfazendo a expressão de curiosidade ostentada há instantes.

Finalmente, o homem pareceu disposto a tomar uma atitude, balançando o corpo. Ergueu-se um pouco, sem esticar totalmente as pernas. Então girou os calcanhares, ficando de costas para o bilhete e seu autor.

Tamborilando suavemente seus dedos na grade, Hokan decidiu imitar a ação do homem. O escriba deu as costas à prisão, e nessa posição falou alto, no idioma maia:

— Leia o papel. Leia o papel.

Mesmo que algum guerreiro inca compreendesse sua frase, ele não estaria olhando para a cela, não estaria se dirigindo a ninguém em especial. Acreditou ser aquela uma forma segura de convencer o prisioneiro a ler o seu bilhete. Espiando sobre o ombro, constatou que ele permanecia imóvel.

— Leia o papel. Leia o papel, vikrin — arriscou mais uma vez.

Aguardou alguns momentos, enquanto pensava numa outra tática, acreditando que aquilo não seria um problema. De fato, mesmo falhando todas as tentativas, estava surpreso com sua capacidade de improviso. Agora precisava de apenas mais algumas das idéias furadas que estavam fluindo intensamente dele naquele dia, imaginou Hokan.

Pousando novamente o queixo em seu ombro, averiguou se o homem ao menos movera-se um pouquinho. Atônito,

Hokan virou o corpo inteiro. O prisioneiro não estava mais ali. E o bilhete continuava no mesmo lugar, só que aberto.

Ainda não demovido de seu espanto, agarrou-se nas grades, vasculhando de forma frenética a prisão. Quando achou o homem, ele também estava olhando em sua direção. Encontrava-se ao lado da abertura da cela. Pôde notar quando ele apontou com discrição para os pinos de cobre que travavam a porta.

Correu até ela e, certificando-se de não haver nenhum outro detento por perto, destravou o pino, liberando o homem. Selou então rapidamente a prisão. Alguns presos notaram a saída do prisioneiro, assim como Saha, que a distância acompanhara toda a operação do escriba. Empunhando sua macquauitl, o soldado vem ao encontro de Hokan e do escravo.

— O que arremessou nele? — perguntou Saha.

— Deu certo — desconversou Hokan, segurando o prisioneiro pelo braço. — Agora preciso levar o homem até minha cabana.

— Providenciarei dois guardas para acompanhá-lo.

— Não é preciso.

— Este homem é um guerreiro inca. Mesmo no estado em que se encontra, ele é perigoso. Cada um destes noventa escravos tirou a vida de quase uma vintena de astecas antes de serem contidos.

— Sei o que estou fazendo — afirma Hokan, sem a menor noção do que estava dizendo.

— Fique então com a minha faca.

Deduzindo ser esta a forma mais rápida de se desvencilhar do soldado, o jovem aceitou o objeto. Saha cruzou os braços e observou os dois caminharem até a cabana do escriba. Nunca mais veria Hokan com vida, acreditava. Mas a idéia de que possivelmente ele e seus homens precisariam caçar o escravo pela ilha o agradava. Antes do fim, talvez pudesse ainda divertir-se um pouco.

Conduzindo o prisioneiro, Hokan não sentiu medo. Mesmo confuso em relação à identidade do homem, achava impossível ser ele um guerreiro inca. Um povo sem escrita própria não dominaria a de outra civilização. Fosse quem fosse o homem, ele lera a frase redigida pelo escriba; caso contrário, não se encaminharia até a porta.

Os dois entraram no alojamento. A tenda apresentava-se bastante úmida, já que o tecido de algodão responsável pelo seu revestimento absorvia a água da chuva. No momento, mesmo sem nenhuma nuvem no céu, gotejava dentro da tenda. Hokan lamentou ter esquecido em Tenochtetlán as peles de puma, capazes de selar a barraca. Embaixo da enervante exsudação, ele agarrou o único banco disponível, oferecendo-o ao prisioneiro. Assim que o homem se acomodou, o escriba pegou uma das duas caixas guardadas no lugar e sentou-se no chão, segurando o objeto, arremessando para longe a faca de Saha.

Não fosse o tempo passado no lado de fora das grades da prisão, observando o escravo, seria difícil disfarçar seu espanto, frente a frente com ele. Dada a gravidade dos ferimentos em sua face, Hokan ousou julgar que apenas a visão da primeira onda gigante desenharia novamente um sorriso naquele rosto.

Hokan procurou os traços de olhos não cobertos pelos hematomas, e então começou a falar:

— Meu nome é Hokan, não sou um soldado, só um escriba. Naquela mensagem eu lhe prometi algo, caso saísse da cela. Vou honrar a minha palavra. O que deseja está aqui dentro, como poderá conferir. Mas, primeiro, gostaria de lhe fazer algumas perguntas. Caso não queira ou não possa responder, fique com o conteúdo da caixa, da mesma forma — disse, entregando-a ao escravo, sem saber sequer se o indivíduo fora capaz de ouvir as suas instruções.

O homem a abriu, cheirando ruidosamente o aroma exalado de seu interior.

— Não tem baunilha, Hokan? — perguntou o escravo, no idioma asteca, para duplo espanto do escriba.

— Está misturada na caixa, debaixo da pasta de cacau — informou o escriba, sentindo as palavras tropeçarem na língua. Então, olhou atentamente para o homem, duvidando do que seus próprios olhos enxergavam. Mas era verdade. Nas ruínas de um rosto, a resposta de Hokan conseguira restaurar um majestoso sorriso.

— Sem a baunilha, o chocolate não é a mesma coisa — sentenciou o escravo.

— Sim... — concordou Hokan, também sorrindo.

— Responderei a todas as suas perguntas. Não tenho mais nenhum motivo para guardar meus segredos. Só que apreciaria tomar já o chocolate, caso não se importe.

— Claro. Vou fazer o fogo.

Próximo da abertura do seu abrigo, Hokan empilhou alguns gravetos e palha de milho. Devido à fumaça, o ideal seria acender a fogueira mais longe, mas então perderia a privacidade assegurada pela tenda. Esfregou com força dois pedaços de madeira, aproximando-os da palha, na esperança de que soltasse alguma fagulha; contudo, além do suor na testa do escriba, nada mais se desprendeu.

— Posso tentar? — pediu o escravo.

Hokan entregou a tarefa ao convidado, que a finalizou em instantes. Colocou-se, então, uma armação de cobre sob o fogo, e, apoiada nela, uma panela de barro com água e a pasta torrada de cacau. O jovem reassumiu sua posição junto ao fogo, mexendo com vigor a mistura quente, até formar uma espuma. Hokan temperou a infusão com baunilha. Derramou o conteúdo da panela em dois recipientes, servindo uma das doses para o prisioneiro. Ainda fumegante, o homem começou a ingerir a bebida.

— Sabe há quanto tempo não tomo um gole de chocolate? — disse, após emitir um pequeno gemido, ao sentir o despencar flamejante do líquido pela sua garganta. — Sete anos! Sete longos anos sem poder sentir esse gosto.

Sorveu novamente o chocolate, chacoalhando rapidamente a cabeça, depois do gole.

— Pena ter agora queimado a minha língua. Não poderei sentir mais o sabor — assinalou o escravo, voltando a sorrir.

O escriba notou o desejo do convidado em ficar jogando conversa fora — provavelmente, outra atividade usurpada dele pelo cárcere. Mas Hokan batalhou demais pelas palavras daquele homem; não permitiria o gentil desperdício delas.

— Acredito ser fácil a primeira pergunta que tenho a lhe fazer. Quem é você? — quis saber o asteca.

— Na verdade, meu amigo, essa é de fato uma pergunta fácil de ser respondida, mesmo que, toda vez que procuro respondê-la para mim mesmo, o resultado nunca é igual; contudo, questiono se você poderá assimilar sem dificuldade a resposta. Não duvido de sua inteligência, Hokan. Por isso mesmo, talvez ao final de nossa conversa, você será um homem mais confuso.

— Qual é seu nome?

— Odin. Me chamo Odin. Pode soar estranho para os astecas, e até mesmo para os maias, mas na minha aldeia é o segundo nome mais comum. Na última contagem, havia mais trinta e oito homens com este nome. Antes de eu me tornar o único.

— De onde veio?

— Cerveja, uma vila litorânea no norte do território maia.

Para Hokan, aquela palavra soava tão estranha quanto o nome Odin. Além disso, era um bom conhecedor dos mapas maias, nunca encontrara a tal Cerveja em nenhum deles.

— E como aprendeu o meu idioma?

— Passei sete anos preso em Tenochtetlán. Aprendi a sua língua com os torturadores astecas. Peço desculpas pelo meu vocabulário limitado, mas os professores que tive não eram homens de muita conversa e sim de mais ação — informou Odin, apontando para o próprio rosto.

— Por que foi preso?

— A resposta simples seria dizer porque assim foi a vontade de Montezuma. Mas, dessa forma, talvez precisasse também responder-lhe qual era o interesse do seu imperador na minha prisão. E essa, Hokan, é uma história longa.

— Eu gosto de histórias, Odin. E caso ela não leve mais do que duas semanas para ser contada terei tempo de ouvi-la.

— Muito bem, meu jovem. Pois então saiba que a minha história, a de meu nome, a de minha aldeia, a de minha captura, é a história de Hansen. E a saga dele aconteceu há muitas, muitas vintenas de anos.

Odin passou a contá-la. Falou sobre um homem, originário de uma cidade ao Norte. Muito além do norte de Hokan. Mais longínqua até mesmo de onde viviam os sioux, apaches e iroqueses. O local era conhecido como Oslo e situava-se num reino chamado Dinamarca.

Era uma terra povoada por homens grandes, de vastas cabeleiras e pele translúcida. Talvez devido ao afiado frio daquela região possuíssem pêlos em lugares estranhos, como no peito, na barriga e no rosto. Foi-lhes dada a alcunha de vikings pelos povos que se consideravam mais civilizados, e que, na verdade, também cometiam barbaridades; porém, eram dotados da habilidade de legitimar essas atrocidades tecendo insondáveis falácias.

Hansen foi um dos primeiros dinamarqueses a nascer em Oslo. Seus pais se assentaram na cidade logo após a sua fundação. Foi ali que Hansen cresceu e formou o seu bando de dissolutos. Como a comunidade inteira podia perceber, ele era um homem de grande tamanho (até para os padrões nórdicos) e de costumes retrógrados. Isso num reino que vinha ganhando mais leis e barganhando vários deuses por um único. Para Hansen, os dinamarqueses agiam cada vez menos como lobos e mais como homens, algo intolerável para ele. No momento em que fossem redigidas leis assegurando posses, qual seria a vantagem de ele ter nascido com todo aquele tamanho, sendo que uma diminuta inscrição passaria a ter mais força que seus músculos? E qual era o lucro de substituir todos os experientes deuses de Asgard por apenas um, vindo de uma terra estrangeira? Uma divindade recém-empossada, ainda não familiarizada com o jeito de como as coisas funcionavam na Dinamarca.

Não demorou para Hansen e seu séquito tornarem-se vikings entre os vikings. Antes de serem caçados e mortos pelos próprios dinamarqueses, o grupo decidiu partir. Sendo assim, roubaram o melhor draken do povoado, deixando o fiorde de Oslo, para nunca mais voltarem. Logo que adentraram a estrada das baleias — como apelidavam o mar —, o líder informou aos demais o destino que tomariam. Pela primeira vez, Hansen anunciava que não iriam mais saquear as aldeias e monastérios anglo-saxões; partiriam rumo ao Sul, onde não enfrentariam a concorrência ou a vingança de outros vikings.

Mesmo o bando contando com experientes navegadores, era uma decisão arriscada. À medida que singravam a estrada das baleias rumo ao Sul, os alvos de pilhagens tornavam-se raros. Partiram de Oslo com a embarcação carregada; contudo, não havia previsão de quanto tempo permaneceriam no mar. Como o grupo era composto por menos de uma vintena de guerreiros, nem sequer preenchendo todos os remos do draken, havia bastante espaço para estocar comida, mas o número reduzido de remadores fazia com que a tripulação se exaurisse rapidamente, e há dias o vento não procurava as velas do barco.

Se a comida, o saque e o vento eram escassos, o mesmo não se podia dizer dos discursos de Hansen. As generosas porções de sangue e glória contidas em suas promessas impediam a inanição da fé de seus homens. O fato de que partiria o pescoço do primeiro a esboçar descontentamento também parecia ajudar.

Após semanas no mar, Hansen supunha já ter ido mais ao Sul do que qualquer outro viking. Os drakens de Eric, o Vermelho, de seu filho Leif ou de Bjarni Herjolfsson nunca se haviam aventurado em águas tão longínquas, acreditava ele. E, baseado no relato dessas viagens, sabia que as terras da região onde navegavam eram povoadas. Informação logo confirmada pelo próprio Hansen.

Atracando na costa, ao cair da noite, tomaram conhecimento de uma aldeia. Os habitantes do local foram incapazes de oferecer resistência ao ruidoso assalto. Os poucos arqueiros da tribo não tiveram chance contra guerreiros que estavam fazendo uma coisa para a qual haviam sido treinados a vida inteira; e o que faziam não era nada bonito de se ver. Depois de aniquilarem todos os homens da aldeia, partiram em direção às mulheres. Aquelas fêmeas de pele avermelhada tomaram conhecimento, da pior maneira possível, de que as estranhas criaturas brancas, responsáveis pelo assassinato de suas famílias, na verdade não passavam de homens. Os vikings abandonaram o local ao amanhecer, sem deixar um único sobrevivente para informá-los do nome da tribo dizimada.

Nos dias seguintes, continuaram navegando rumo ao Sul, saqueando todas as aldeias avistadas. Excetuando alguns ferimentos ocasionados por flechas, o bando de Hansen não sofreu nenhuma baixa. Descobriram existir naquela região um desprotegido pasto, opulento o bastante para saciar seus desejos mais negros; entretanto, não tardaria para lhes ser demovida a vantagem do elemento surpresa. Logo a notícia de suas atividades se espalharia por todo o continente, como atestavam as misteriosas caligrafias de fumaça no céu, e as tribos acabariam unindo-se contra o inimigo comum.

Ao pressentir o término daqueles dias de fáceis pilhagens, Hansen ordenou uma mudança drástica de curso. Seguiriam na direção sudeste, rumo ao alto-mar. Os vikings não costumavam navegar em mar aberto, optavam por viajar próximo à costa; dessa forma, além de não correrem o risco de serem rechaçados pela lendária Serpente de Midgard, eles poderiam passar a noite acampados nas praias. Sem conseguirem avistar sequer um rabisco de terra no horizonte, os renegados continuaram a jornada.

Era uma manobra audaciosa; contudo, Hansen ainda se agarrava a um dos fundamentos náuticos de seu povo.

O draken era sobrevoado freqüentemente por aves marinhas: uma forte promessa de solo firme adiante. Menos de dois dias após avistarem as aves, os dinamarqueses chegavam ao que mais tarde descobriram ser uma enorme ilha. Talvez pelo cansaço ou pelo grande número de frutas que ingeriram antes de avistarem o primeiro nativo, dessa vez, até tiveram tempo de aprender o nome da tribo local. Denominavam-se taianos, e impuseram ainda menos resistência do que os peles-vermelhas do continente.

Prosseguindo a viagem, notaram que a região era infestada de pequenas ilhas, a maioria delas deserta. Na última ilha visitada, após investirem contra a aldeia dos arawaks — e, assim como no caso dos taianos, tudo que puderam tomar deles foram as mulheres, já que o povo da ilha não estocava nada, extraindo o que precisavam das árvores ou das águas somente nos momentos de fome ou sede —, Hansen decidiu dar meia-volta. Não havia mais nenhuma terra à frente, e as pilhagens no arquipélago não estavam sendo proveitosas.

Visitando novamente a gigantesca ilha dos taianos, abarrotaram a embarcação de frutas suculentas, apesar dos protestos do irmão de Hansen, Stub, um carnívoro devoto. Com a proa do draken apontando para o oeste, zarparam. No intuito de afastar-se do último ponto visitado no continente, Hansen ordenou que a embarcação imbicasse levemente para o Sul. Isto implicaria o risco de nunca encontrarem terra, mas o viking descartou essa hipótese. Acreditava ter diante de seus olhos algo similar aos fiordes da Dinamarca. Apenas uma enorme bacia de água separava o continente das ilhas, supunha ele. E, quando lá chegasse, mandaria a Niffeheim, o mundo das trevas, todos seus temores de ser apanhado por tribos mais beligerantes. Haveria terra suficiente para que pudesse atacar e fugir, sempre descendo rumo ao Sul, até estar velho o suficiente para que um daqueles inábeis nativos conseguisse matá-lo. Então colocaria seus pés no Valhalla, onde o saudariam como o maior viking de todas as eras; o próprio Thor lhe entregaria o martelo Majollnir, em reverência a um guerreiro de maior bravura e força.

Sitiado por esses pensamentos, Hansen não ouviu o chamado de um de seus homens, Tejn. Ao voltar a cabeça em direção à proa — ainda sem ter sido recolhida detrás de seus olhos a evanescente cortina estampada com o festim no Valhalla —, o nórdico tomou conhecimento do que toda a tripulação já estava a par. Deixou escapar uma palavra de assombro, no momento em que enxergou os sinais de terra manchando o horizonte.

A visão superava as previsões mais otimistas de Hansen. Não esperava encontrar terra tão cedo; afinal, não havia ainda nem se completado um dia desde sua partida da ilha dos taianos. Mas, por mais improvável que fosse o cenário à sua frente, sem dúvida era bem-vindo.

Os vikings não conseguiriam atracar no local antes do anoitecer. Ao passo que a distância diminuía, Hansen acreditava não se tratar do continente, não tão cedo. Deveria ser mais uma ilha. Uma das grandes. Enquanto a tripulação remava, o líder sentou na proa, ao lado de seus primos Bernhard e Emil. Saboreavam algumas frutas, no momento que Emil engasgou-se. Com um forte golpe de Bernhard em suas costas, o pedaço de polpa foi propelido de sua garganta. Em meio às gargalhadas dos demais, Emil comentou ter visto a terra mexer-se. Os outros acharam aquilo ainda mais engraçado. Só Hansen permaneceu sério, compenetrado, como se estivesse prestes a entrar numa batalha. Também julgou ter detectado a movimentação da ilha. Atirou no mar a fruta que segurava, talvez fosse ela dotada de propriedades mágicas, não diferente de alguns cogumelos brotados nas florestas escandinavas, tão apreciados por Hansen na juventude.

A noite espalhava seu viço negro nos olhos dos dinamarqueses quando eles se aproximaram mais da ilha. Puderam observar uma formação irregular, dotada de várias montanhas, nada semelhante ao relevo do continente ou das demais ilhas visitadas. Bem mais afastado, havia um pico imponente. Parecia demasiado estreito para a sua altura, avaliou Hansen. Ainda não estavam perto o suficiente, entretanto, já se podia notar a inexistência de vegetação nos morros, como se o que estivesse no caminho do draken fosse uma formação estritamente rochosa ou um solo contrário a todo tipo de vida.

Tjen, o primeiro viking a avistar a ilha, sugeriu a Hansen um desvio de rota, já que o local parecia inabitado. O líder sentiu a ausência de coragem nas palavras do companheiro. Antes de partirem do continente, ele viu Tjen jogar as runas no sangue de um pele-vermelha cuja cabeça o bárbaro decepou. Viu também o místico calar-se, ao interpretar a mensagem desenhada pelas pedras seculares na poça de sangue. Como naquela ocasião, Hansen nada perguntou. E foi igualmente desprovida de som a sua resposta à sugestão de Tjen. Com o dedo em riste, apontou para a ilha. Manteriam o curso.

Agora já estavam perto demais para achar normal o que viam. Era uma ilha sem praias. Não havia areia antecedendo os morros, e o revestimento dos mesmos não parecia com nenhuma rocha vista anteriormente por aqueles homens. Mais estranho ainda era o fato de não haver formações de ondas perto do lugar, permitindo a fácil aproximação do draken. Remando com cautela, passaram a costear a ilha, mesmo não conseguindo chamar aquilo de costa. Hansen voltou a fitar o ponto mais alto da ilha. Teve a impressão de o pico estar um pouco mais baixo. Culpou a escuridão pelo equívoco de seus olhos.

Continuando a navegação, notaram a vertiginosa inclinação de um dos morros. Ele mergulhava até o mar, reaparecendo logo adiante. Entre os dois montes, havia uma pequena elevação. Hansen ordenou que passassem rente a ela. Chegando mais perto, o viking saltou em cima daquele pedaço isolado do resto da ilha.

Com seus pés firmes na superfície, passou a bater fortemente a sola no chão, sentindo a rigidez do material. Levando suas mãos até o solo, pôde notar a sua aspereza. Assemelhava-se a uma pele de réptil. Hansen estava intrigado, e, como em tantas outras ocasiões onde seria necessário um pouco de reflexão, deixou que o metal de sua espada pensasse por ele. Buscando todas as suas forças, tentou enterrar sua arma no chão, sem sucesso. Furiosamente, continuou a investir contra aquele invulnerável solo, sem notar que muitos de seus homens já estavam ao seu lado, golpeando a ilha, a exemplo do líder.

Subitamente, soou um grunhido aterrorizador, emitido de algum ponto da ilha. Pavoroso não só pelo timbre, mas também pela intensidade do volume. Era como se centenas de berrantes fossem soprados nos ouvidos dos guerreiros, trazendo um som que, em comparação, faria o uivo do infernal lobo Fenris parecer o canto do mais melodioso pássaro. Não bastasse o flagelo de seus tímpanos, os pés dos vikings foram os próximos a sofrer um ataque. O solo começou a afundar, até os bárbaros caírem na água. Todo o relevo da ilha encontrava-se em mutação. Morros inteiros submergiam, enquanto outros se erguiam do mar.

Nadando ao encalço do trepidante draken, Hansen notou que os outros mostravam-se tão apavorados quanto ele. Apegou-se à esperança de estarem sendo assolados pelo encantamento das frutas, consumidas avidamente durante a viagem. Mas então, após subir na embarcação, presenciou o terror nos olhos de Stub, alguém que nunca mordera em sua vida nada além de carne. O irmão estava pálido: todo o seu sangue parecia concentrar-se em algum único e indeterminado ponto do corpo, procurando romper a prisão da pele e fugir rapidamente daquela ilha amaldiçoada.

Não, aquilo não era uma ilha. Hansen pôde descobrir que o pico avistado antes era, na verdade, parte de um imensurável corpo, que desabava na direção deles; o corpo da Serpente de Midgard. O que traria ela tão ao Sul?, perguntou a si mesmo. Os nativos daquela região não seriam capazes de imaginar os seus próprios mitos? Precisavam saquear de forma tão vil as lendas vikings e, pior ainda, materializá-las? Todas as suas rápidas ponderações desvaneceram ao vislumbrar a colossal cabeça da criatura. Mesmo na escuridão, pôde ver seus olhos de cobra, como luas gêmeas pairando sob uma paisagem cadavérica. A visão durou poucos segundos: o draken estava na iminência de ser engolfado por uma onda não menos assustadora que a Serpente de Midgard. A escarpa líquida quebrou em cima da embarcação, arrastando-a para dentro do mar. Hansen foi dragado para as águas profundas e turbulentas. Era incapaz de enxergar qualquer coisa naquele breu. Submergindo, foi golpeado por outra onda, antes mesmo que pudesse tomar ar. Mais uma vez, teve seu corpo arrastado velozmente para baixo. No limite de seu fôlego, transpôs as camadas de água que o separavam da superfície, podendo conceder um breve alívio aos seus pulmões. O mar continuava agitado, e o viking precisou batalhar contra incontáveis fileiras de ondas. Ao irromper a calmaria, Hansen não via mais sinal da Serpente de Midgard, e achou apenas três de seus homens por perto. Nadaram juntos, até o amanhecer, quando avistaram o primo do líder, Emil. O resto da tripulação, incluindo o seu irmão, morreu afogado ou encontrava-se espalhado pelo mar, tomando sentidos diferentes. Decidiram nadar em direção ao oeste, rumo ao continente. Dos quatro, somente Hansen conseguiu terminar a jornada. Seus braços fortes, os mesmos braços que ceifaram inúmeras vidas, foram capazes de conduzir o viking pela estrada das baleias até uma praia situada nas cercanias de uma aldeia maia.

— A minha aldeia, Hokan. A aldeia de meus ancestrais — finalizou Odin.

O escriba permaneceu em silêncio, digerindo a saga narrada pelo maia. Supondo que as palavras de Odin fossem verdadeiras — e gostara demais da história para ofendê-la com suspeitas que agora não mais importavam —, acreditou ter ouvido apenas um fragmento do que realmente acontecera. Como informou seu convidado, tudo aquilo ocorrera há muito tempo, e o viking sobrevivente precisara aprender o idioma maia para transmitir a saga aos nativos. Dessa forma, a história que chegava agora aos seus ouvidos fora provavelmente corroída por erros de tradução e pelos temperos que os narradores acrescentaram a ela com o passar dos anos.

Mas, mesmo assim, mesmo Odin presenteando-o com apenas um grão de poeira desprendido da saga original, Hokan ficou maravilhado com o que escutara. Afinal, a história apresentava foras-da-lei em vez de heróis e uma criatura monstruosa num papel de destaque, com deuses relegados ao ofício de figurantes. Podia não ser sobre pessoas comuns, como o jovem escriba planejara um dia escrever, mas definitivamente a narrativa tinha o seu valor, existisse ou não a tal Dinamarca ou o próprio Hansen. Quanto à Serpente de Midgard, aquela parte fora assimilada prontamente por Hokan. Era o único elemento da narrativa que se encontrava presente na vida real do asteca e que logo acabaria com a mesma.

— O bárbaro deve ter feito um belo estrago na sua tribo, acredito — comentou Hokan.

— Está enganado. Pelos relatos de meus ancestrais, Hansen sossegou logo depois de ser acolhido pelos habitantes da aldeia. Como muitas das mulheres sentiram-se atraídas pelo seu físico robusto, não precisou tomar nada à força. A única notícia de agressividade por parte do dinamarquês foi quando ele já estava bem velho, prestes a desgrudar-se da vida. Empunhou uma das nossas espadas de madeira, partindo contra os jovens. Queria morrer em combate, mas os homens fugiam dele. Acabou por falecer na cama, berrando por uma tal de Cerveja. Ele não teve tempo de explicar do que se tratava. Em sua homenagem, a aldeia foi rebatizada com a última palavra do viking. Pelo que diziam, era um sujeito bem falante.

Neste momento, Odin passou a proferir frases ininteligíveis para Hokan.

— Desculpe, mas não entendi nada do que falou — disse o asteca.

— Estava falando em dinamarquês. Assim como Hansen aprendera a língua maia, ensinara a dele para meus antepassados. E, acredite, era um professor dedicado e paciente.

O assunto não interessava ao escriba. Quando se comunicara empregando o idioma estrangeiro, Odin mais parecia um coiote com um osso entalado na garganta. E por que alguém um dia iria precisar entender dinamarquês?, indagou Hokan.

— O que mais o viking ensinou à sua tribo?

— A construir drakens. Infelizmente, completamos o primeiro somente após a morte dele, e o usamos como pira funerária para o corpo do guerreiro. Sem mais podermos contar com a supervisão de Hansen ou mesmo com um modelo, o segundo barco demorou um bocado para ficar pronto. Durante as gerações seguintes, essa arte foi se definhando, e acabamos apenas com aquele segundo exemplar, sem nunca conseguirmos confeccionar outro. Ele ainda existe, espero. Costumava navegar com a embarcação, viagens curtas, é claro, já que nós, maias, não somos dotados da mesma audácia demonstrada pelos vikings na estrada das baleias.

— Sua aldeia fica perto daqui, Odin?

— Não. Cerveja situa-se na outra estrada das baleias, passando o continente na direção onde o Sol descansa. Este mar aqui, que banha a Ilha dos Cães, nem os vikings conheciam. O problema de minha aldeia foi estar situada longe demais das outras cidades maias e muito próxima do território asteca. Quando fomos invadidos pelo seu povo, ninguém notou a violação do acordo de cooperação entre Montezuma e nosso imperador. Devido ao grande suprimento de escravos incas, os astecas não precisaram fazer prisioneiros. Cerveja e todos seus habitantes arderam em chamas. Só restaram o draken na praia, poupado pelos soldados por não entenderem o seu significado, e eu, poupado para explicar o significado do draken.

— Então foi levado para Tenochtetlán, deduzo.

— Correto. E quer saber? Logo nos primeiros dias de interrogatório, falei tudo que me havia proposto revelar. Durante sete anos, só repeti minhas falas dessas primeiras sessões de tortura. Nunca revelei nada sobre a saga de Hansen... Quase nada.

— Por quê?

— Por temor. Medo de que seu imperador organizasse uma campanha militar contra a Dinamarca, após ser informado da existência do reino. Não tenho idéia de quão longe ela fica; contudo, enquanto conversamos, o exército de Montezuma marcha no norte, conquistando os peles-vermelhas. Levando em conta o tratamento que os astecas estão dispensando a eles, talvez até sintam saudades da visita do bando viking. Apesar das torturas constantes, mantive minha boca fechada, jamais revelando a existência dos dinamarqueses e dos outros povos mencionados por Hansen. De forma alguma, poderia conviver com a culpa de civilizações inteiras serem dizimadas por minha causa. Mas fiz questão de falar sobre a grande serpente, na esperança de demover Montezuma de algum plano futuro envolvendo navegações.

— Estou confuso, Odin. O primeiro pronunciamento de Montezuma a respeito das criaturas marinhas foi há quatro anos. Mas, de acordo com suas palavras, ele já sabe acerca delas há muito mais tempo.

— No meu segundo dia nas masmorras da capital asteca, há sete anos, ele ouviu de meus lábios essa informação.

— Não consigo entender. Segundo ele, as criaturas foram avistadas pela primeira vez após uma expedição militar nesta ilha. O único sobrevivente foi um apavorado escravo maia, resgatado no mar.

— Estou decepcionado. De alguém com a reputação de Montezuma, eu esperaria uma mentira mais caprichada. Por que seriam mandados soldados para uma ilha deste tamanho? Ainda mais com as péssimas canoas que vocês, astecas, possuem.

— Então quer dizer que nunca foram vistos monstros marinhos na Ilha dos Cães, Odin?

— Nunca. Não nessa ilha.

— Sendo assim, nem nós ou as baleias corremos perigo — concluiu em voz alta Hokan, resgatado de seu miserável estado de espírito. Chegou até mesmo a voltar seus olhos para a outra caixa que estava na cabana, contendo suas folhas e tintas. Iria mostrar para aquele projeto de viking à sua frente o que era contar uma história.

Então Odin levantou-se do banco onde estava sentado e, num tom soturno, iniciou a sua fala.

— Sim. Está certo, meu amigo. Mas apenas a respeito da segunda parte. As baleias realmente não têm nada a temer. Quanto a nós, daqui a poucos dias, estaremos todos mortos.

Capítulo 6

No primeiro dia do 14º mês do ano, na praia de Mazatlán, a montagem de um barco está na iminência de ser concluída. Enquanto compenetrados artesãos trabalham a madeira, um grande número de pessoas aglomera-se ao redor do local. Assistem apreensivas à construção da embarcação. Desde a chegada dos misteriosos trabalhadores, vê-los em ação tornou-se um grande espetáculo para os habitantes da cidade, superior a qualquer jogo ou dança asteca. Funcionários do governo: é tudo o que sabem sobre eles. Vindos de Tenochtetlán, comentavam alguns, sem terem certeza da informação. Mas não demorou para algo ficar claro aos aldeões. Não é uma simples canoa asteca o que esses homens estão erguendo. E nos últimos dias aceleraram o ritmo da lida.

Sozinho, um homem vigia os trabalhadores e a multidão. Está ali há bastante tempo, alheio a todos que tentaram conversar com ele. Com um manto cobrindo parte do rosto, ignorou os insultos provocados por sua antipatia. Mesmo já passando dos cinqüenta anos, o sujeito poderia vencer uma briga contra qualquer um naquela praia, como comprovam seus musculosos braços desnudos; todavia, não busca confusão. Deseja apenas privacidade, e a única forma de consegui-la é ocultando sua identidade.

Ele é o motivo da pressa dos construtores em finalizar o trabalho. O barco que estão construindo na praia de Mazatlán pertence a ele. A multidão e a praia também, assim como tudo que couber em seus olhos. E para aflição do homem, um de seus lacaios penetra agora em seu campo de visão. Tão fácil quanto retirar um cisco, ele poderia livrar-se do incômodo. Bastaria erguer o braço, e o servo sumiria imediatamente de sua vista; todavia, sabe o motivo de estar sendo procurado. Hora de regressar às responsabilidades de imperador.

— Majestade, chegou o mensageiro com notícias de nossa campanha — informa o soldado asteca, já ao lado do rei.

Montezuma leva a mão à manta de algodão em sua face, desobstruindo os lábios e o grande nariz.

— Acomode-o em minha cabana. Não esqueça de lhe servir uma refeição e dar-lhe bastante água. Agora vá.

Com as costas voltadas para o mar, sente a espuma salgada batendo nos calcanhares. Não pode mais fingir para si mesmo que é apenas um homem comum, molhando despreocupadamente os pés, como tentava a todo custo iludir-se, antes de receber a mensagem. Caminhando em direção ao acampamento, sabe que as pegadas deixadas na areia pertencem a alguém que carrega um império nos ombros, quer goste ou não desse fato. Hoje, não está apreciando nem um pouco a idéia.

Só o que anseia é subir na embarcação. Viajar para a Ilha dos Cães e resgatar Acat. É o que fará. E ninguém poderá impedi-lo.

Na época de seu pai, Montezuma III, tudo era mais fácil. Com os maias ocupados demais reconstruindo seu império e os incas enfraquecidos após sucessivas guerras civis, seu progenitor pôde dedicar-se somente aos aspectos prazerosos da realeza: mesa farta, cascatas de chocolate e pulque, as mulheres mais voluptuosas do reino e a adulação incessante dos súditos. A única preocupação era conseguir matéria-prima humana para as cerimônias de sacrifício.

Para comodidade do pai, ainda restavam manchas independentes dentro do território asteca. Invadindo essas tribos, o mercado de escravos estaria abastecido. Dessa forma, os chinantecas, tarascos, tlaxcaltecas e chibchas foram facilmente conquistados, providenciando, até o fim do reinado de Montezuma III, um abundante suprimento de oferendas aos deuses.

Quando o filho assumiu o império, aos 17 anos, os excessos do antigo soberano já cobravam seu preço. Sem mais poder coletar escravos no próprio quintal, seria preciso agora empreender campanhas para além dos domínios astecas; contudo, o que o novo rei tinha sob o seu comando não poderia ser chamado de exército. Era um bando indisciplinado como um jaguar e dotado da força de um pequeno cão sarnento. Com rigidez, Montezuma os colocou na linha.

Também foi preciso mexer nos cargos do governo. No palácio de seu pai, havia mais mulheres para deitar-se com o rei do que servos administrativos. O sistema de recolhimento de impostos apresentava vazamentos por todo o reino. Mesmo assim, a nobreza de Tenochtetlán se esbaldava inconseqüentemente com as gotas que chegavam à capital. Montezuma deu fim a essa vadiagem.

Após reestruturar o governo e o exército, o império asteca fazia novamente jus ao legado deixado por seus antepassados, Montezuma I e Montezuma II, que também enfrentaram grandes provações nas suas gestões. Por isso, o imperador rejeitou ficar conhecido como o quarto da linhagem. Se o incompetente e preguiçoso pai foi o terceiro, não aceitaria sucedê-lo em número. Apenas Montezuma, era esse nome que o povo deveria aclamar.

Entre o segundo e terceiro Montezuma, existiram vários outros imperadores. Um deles, Xolzoc, implantou uma radical mudança na escrita asteca. O sistema de símbolos foi alterado: eles não mais expressariam idéias completas. Cada sinal representaria exclusivamente um som. Segundo os sábios da época, isso tornaria a comunicação mais precisa e eficiente. E bem mais complicada, já que haviam sido criadas vintenas de novos símbolos. Até Montezuma iniciar seu reinado, a maioria da população ainda não tinha assimilado essa reforma. O rei precisou montar um batalhão de educadores, que assolou o território asteca com suas lições.

Por mais que os bajuladores comentassem a preocupação do soberano com a cultura do povo, Montezuma sabia o real motivo dessa política. De que adiantava estar cercado de escribas se a população não poderia ler as histórias exaltando sua grandiosidade? E o novo modelo de escrita apresentava ainda mais adjetivos elogiosos.

Sem ser reconhecido pelos habitantes de Mazatlán, o imperador retornou à sua tenda, armada no centro do acampamento dos construtores e dos soldados. Deixou Tenochtetlán em segredo. Além da guarda pessoal e do Grande Conselho na capital, ninguém mais conhecia seu paradeiro. Mas nem esses homens cogitavam o que o rei pretendia fazer com o barco em construção. Caso soubessem, ele precisaria, pela primeira vez em seu reinado, mandar o Grande Conselho calar a boca.

Entrando na cabana, encontrou o exaurido mensageiro banqueteando-se. Ao notar a chegada de seu rei, o homem acomodou rapidamente na mesa o pote com o caldo de tartaruga que ingeria. Curvou-se ante Montezuma, ficando ereto apenas quando o imperador puxou-o pelo braço. Olhando para o chão, entregou a mensagem redigida na distante frente de batalha, e que passara pelas mãos e pernas de trinta e nove mensageiros até chegar em Tenochtetlán, e mais treze da capital a Mazatlán.

Montezuma gesticulou para o mensageiro deixar a tenda. O servo atreveu-se a dar uma breve e melancólica olhada para o caldo de tartaruga abandonado em cima da mesa, e então se retirou do local. De imediato, o texto foi lido:

"Poderoso Montezuma. Com pesar, não lhe trago boas novas. Nos primeiros dias de nossa campanha no Norte, adentramos com facilidade pelas terras dos hopis e dos anasazis. Seguindo nossa marcha em ritmo valente, já perto das visadas aldeias apaches, perdemos quase dez vintenas de nossos homens, vítimas de uma tenebrosa chuva de flechas que encobriu o próprio Sol. A seguir, fomos atacados por um grande número de guerreiros apaches e navajos. A vitória foi nossa, mas com um custo muito alto. No momento que redijo esta triste mensagem, estamos defendendo nossa posição, sem capacidade de avançar. No campo inimigo, formou-se uma união entre apaches, navajos e iroqueses. Os sioux também integram a coalizão, e não devem tardar a chegar aqui. É com urgência que aguardamos reforços."

Finda a leitura, Montezuma constatou ter cometido dois erros. O primeiro fora escalar aquele escriba para a missão no Norte. Tudo bem que ele exigia concisão nos informes de guerra, mas assim já era demais! Tantos povos estrangeiros e nenhum detalhe revelador sobre eles?! Pelo menos alguma fraqueza que servisse de instrução para os reforços astecas. E que história era aquela de "tenebrosa chuva de flechas que encobriu o próprio Sol"? Se a situação era tão desesperadora, como é que o ignóbil ser tivera tempo de pensar numa besteira daquele tamanho? E nem ao menos saudara seu soberano ao fim da mensagem!

Arrependeu-se por não ter enviado Hokan. Ele exagerava às vezes na ornamentação das frases e atrapalhava-se um pouco pela falta de modéstia; entretanto, nunca mexia no essencial. Erroneamente, preferira mandá-lo ao encalço de Acat. Agravando a decisão, somava-se o fato de Hokan ainda não ter retornado, forçando Montezuma a realizar o que ele mesmo deveria ter feito desde o princípio.

Livrara-se da esposa por achar que o temperamento dela privava-o da paz de espírito necessária ao cargo de imperador. Por ironia, desde que não tinha mais Acat esbravejando ao seu lado, não conseguia tomar uma decisão coerente. Era o caso de seu segundo erro. Como pudera subestimar de tal maneira os povos do Norte? Ele sabia a resposta, e assim que o barco ficasse pronto resolveria essa situação.

Estava ansioso. Depois de quatro anos, vislumbraria pela primeira vez a sua obra mais famosa. Alguns cidadãos poderiam ignorar a existência e o nome dos imponentes templos e palácios construídos durante o reinado de Montezuma, mas nenhum deles desconheceria a Ilha dos Cães, onde o imperador informara terem avistado as gigantescas serpentes marinhas. O texto sobre o caso foi distribuído em todas as aldeias astecas. Sem dúvida, a história da Ilha dos Cães era o manuscrito mais popular do império, já superando até mesmo o *Popol-Vuh,* importado dos maias. Mas a verdadeira história, só Montezuma conhecia. Afinal, ele a concebera.

No primeiro encontro com o prisioneiro maia, nas masmorras de Tenochtetlán, não levara a sério as palavras dele. Ao questionar o motivo daquela estranha embarcação na praia de Cerveja, o único sobrevivente do massacre da tribo respondera que ela era empregada em grandes navegações. Numa daquelas longas viagens, avistaram criaturas colossais, capazes de provocar, com um simples movimento, ondas da dimensão de pirâmides. Desde então, não mais se atreviam a usar o barco.

O rei ordenara a continuidade das torturas, até arrancarem uma explicação plausível. Estranhara que, passados dois anos, o homem continuasse sustentando a mesma história, à custa de seu próprio rosto. Na cabeça retalhada daquele escravo maia, os monstros existiam.

Intrigado, Montezuma espalhara equipes de canoeiros nos dois mares que banhavam o império. As canoas astecas só tinham sido utilizadas anteriormente em rios e no tráfego entre as ilhas artificiais, dentro das grandes cidades; por isso, as perdas haviam sido consideráveis. Levando em conta o risco da tarefa, era difícil angariar voluntários. A solução fora alistar escravos, ofertando liberdade aos que retornassem a salvo do mar.

Um prisioneiro inca acabou descobrindo nas águas do Oeste uma ilha cercada por peixes imensos, como nunca vira antes. Temeroso, remara para Mazatlán, de onde havia partido. Ao ser comunicado da descoberta, Montezuma despachara imediatamente várias canoas para lá. Os tais peixes não passavam de baleias cinzentas, abundantes no litoral norte do território asteca. Por outro lado, nada comum havia sido o comportamento das marés na segunda semana do 14º mês do ano. As águas subiram a ponto de encobrir a ilha, mantendo-a submersa por dias. No ano seguinte, na mesma data, o fenômeno se repetira, apresentando a mesma duração.

Uma descoberta interessante, mas não se comparava aos monstros marinhos avistados pelos aldeões de Cerveja. Caso realmente existissem, alguém poderia um dia organizar uma expedição e encontrá-los, conquistando um lugar de destaque na história da civilização asteca. Ao lado do feito desse intrépido aventureiro, as suas realizações minguariam, temia Montezuma.

O que faria para evitar que essa glória escorregasse de suas mãos? Rastrear os monstros provou-se ser um método ingrato. Até onde as canoas alcançavam, nenhuma criatura chegou a ser encontrada. E tanto o mar do oeste como o do leste não pareciam ter fim.

A solução, para surpresa de Montezuma, encontrava-se em algo não muito maior que um prato de barro, e ao mesmo tempo capaz de confinar, ou libertar, qualquer coisa. Tudo de que necessitava era uma imaculada folha. No papel, poderia parir bestas mais assustadoras que as descritas pelo prisioneiro. Já possuía o cenário e os algozes, faltavam os heróis. Quem sabe, um imperador e seu destemido exército?

Ao fim do trabalho, não apreciara muito o resultado. Fora educado para ser um guerreiro, não um escriba. Isso estava evidente. E o que um escravo maia estaria fazendo numa expedição militar, pensara? No entanto, ciente de suas limitações, deixara assim mesmo o texto. Quanto ao detalhe das baleias, gostara bastante. Se cobras gigantes nadavam pelo mar, precisavam comer alguma coisa, imaginara Montezuma.

A assinatura do imperador convertera ficção em realidade. Assim, anualmente, seriam sacrificados noventa escravos na ilha, para que os deuses não permitissem o avanço dos monstros no litoral asteca. Montezuma não tivera dificuldade na escolha dos integrantes do primeiro ritual. Deportara todos os soldados que presenciaram a voracidade das marés, na primeira expedição à ilha.

Convencera até Acat de que o local era aterrorizado pelas serpentes gigantes, durante a temporada das baleias. Porém, revelara algo a ela: o motivo do nome. Montezuma acreditava que uma boa mentira era constituída de várias camadas. Não somente camadas permeadas por desfaçatez; algumas precisavam conter verdades. A honesta explicação do batismo da ilha foi responsável por conferir uma alma à sua falácia, amolecendo o senso crítico de Acat.

Contara para a mulher que, quando criança, ele e os irmãos evitavam a todo custo entrar numa das dependências do palácio real. Entre aquelas paredes, o pai reunia-se com os dignitários de Tenochtetlán, não para planejarem ou discutirem assuntos do interesse do povo e sim, como era mais próprio da nobreza da época, divertirem-se bastante. O jovem Montezuma presenciou a festa de inauguração do espaço, descobrindo a incomum diversão daqueles homens.

Para preencher o tempo ocioso entre banquetes, bebedeiras e mulheres, o pai inventara um jogo. Das florestas alagadas do Sul, mandara trazer vintenas de sucuris, as maiores que encontrassem. Confinou as cobras num salão, onde mandara erguer arquibancadas sob elas. Ficaram ali semanas, sem alimentação. No dia da estréia, ao entrarem os convidados, ninguém entendeu qual era a graça de uma sala cheia daqueles bichos rastejantes. A dúvida dissipou-se com a chegada do rei.

Montezuma III apareceu segurando um assustado cão. Subiu na primeira arquibancada, erguendo o animal acima de sua cabeça. Então, atirou-o para as sucuris. Ao cair no chão, as cobras se ouriçaram, formando ondulações escamosas ao redor do pequeno cão. Com agilidade, ele correu pelos espaços livres, pulando na arquibancada. Ficou encolhido, entre as pernas de um dignitário. O homem levantou-se, chutando o animal para baixo.

Nesse momento, Montezuma fechou os olhos. Ao reabri-los, o cão encontrava-se na boca de uma das cobras, só com as patas traseiras de fora. De imediato, a criança abandonou o salão, seguida por alguns amigos do rei. A cena indignou parte da platéia, já que os cães não serviam mais apenas como alimento para os astecas, algumas famílias os criavam com afeto. Mas a maioria dos convidados permaneceu no recinto, entusiasmada com a brincadeira apresentada por Montezuma III. Afinal, depois de tanto tempo, até os deuses deviam estar entediados com os sacrifícios sangrentos. Além disso, o novo jogo dispunha de muitas variáveis. O participante podia trazer seu cão. Sendo assim, veriam qual deles duraria mais tempo. Também apostavam quem era capturado antes. Nessas ocasiões, sorte de quem possuísse um cachorro manco. Outra alternativa era cada jogador escolher a sua sucuri, competindo para descobrir a predadora mais eficiente. A última modalidade logo foi abandonada: a dificuldade em diferenciar as cobras gerava acaloradas discussões. E o árbitro, o próprio imperador, invariavelmente estava entupido de pulque, nem sequer conseguindo distinguir os cães das serpentes.

Essa havia sido a história narrada a Acat. Por isso batizara o local de Ilha dos Cães. Não faltara com a sinceridade — tudo bem, mentira a respeito do cão sendo chutado arquibancada abaixo, nada demais —, no entanto, evitara prolongar-se no assunto. Até porque, apesar de a idéia lhe fazer sentido, pensaria em um nome melhor antes de divulgar o texto à população, acreditava. Nem tentou. Se algumas pessoas construíam vidas inteiras em cima de coisas que mudariam mais tarde, então que o maldito lugar ficasse conhecido pela primeira coisa surgida em sua mente.

Na ocasião, também parecia impossível um dia acabar mandando sua jovem mulher para a ilha. Passados vários meses, ainda era difícil assimilar o episódio. Não ousara relembrar-se de Acat sendo arrastada para fora do palácio ou imaginar as cenas que se negara a ver. Preferira listar, febrilmente, os motivos daquela atitude drástica. Sim, mesmo fazendo o dobro do que era capaz, sempre parecia ser metade do que ela solicitava. Igualmente complicado, para alguém tão bajulado desde o nascimento, era tolerar os insultos gratuitos e constantes da esposa; as críticas em relação aos decretos do marido, convertendo em ignomínia todas as suas realizações. E quem dera os defeitos de Acat pararem por ali; formavam uma fileira a se perder de vista. De forma incansável, o imperador os punha em revista — sem ignorar que, todas as vezes que fazia isso, cada um deles parecia menos assustador —, mas a única explicação capaz de arranjar para o cruel castigo desferido era, já na época do rompimento, saber que a traria de volta.

Montezuma escutara um soldado aproximar-se da entrada da cabana, concedendo um intervalo à sua autoflagelação.

— Majestade...

— Entre.

— Majestade, a embarcação está pronta.

Enfim, a réplica do barco descoberto em Cerveja fora finalizada. A obra representava um marco para os construtores astecas, que com muito esforço haviam dissecado a embarcação original; todavia, poderia ter sido mais fácil.

Antes de mandá-lo à Ilha dos Cães, Montezuma solicitara ao prisioneiro maia que ajudasse na reprodução do barco. Nem sequer imaginava que um dia ele mesmo usaria a embarcação, mas achara que poderia ser útil dominar aquela técnica de construção. O desfigurado homem negara-se a atender o pedido. Em retribuição, Montezuma incluíra-o na lista de escravos enviados à ilha, sem deixar de informá-lo sobre as marés assassinas, já que, caso tivesse inventado a confissão sobre os monstros marinhos, ele nada temeria.

O imperador tomara o rumo da praia, sem mais ocultar a face. No trajeto, alguns cidadãos de Mazatlán reconheceram o homem que caminhava escoltado por uma tropa. Nem todos o tinham visto anteriormente, contudo, a fisionomia do rei fora alardeada nos numerosos manuscritos oficiais. O hábil Hokan descobrira até mesmo uma maneira de descrever o imenso nariz de Montezuma sem parecer grotesco.

A cada passo dado, ouvia a saudação do povo. Ao contrário dos nobres da capital, essas pessoas expressavam um afeto genuíno, sentenciava Montezuma. Podia não gostar de seu cargo, mas o desempenhava com excelência. Estar certo disso servia como motivação, nas ocasiões em que o desejo de isolar-se e viver como um homem comum parecia-lhe irresistível.

Em meio aos gritos animados da população, um soldado emitiu um aviso de alerta. Num átimo, os militares assumiram uma formação de defesa ao redor do rei.

— O que está acontecendo? — perguntou Montezuma.

— Há alguém correndo ao nosso encalço, Majestade — esclareceu um dos soldados, elevando seu escudo à altura da cabeça do imperador.

Montezuma desvencilhou-se da proteção, tomando a frente do grupo. À medida que a nuvem de poeira passava a assumir as feições de um jovem, constatava-se ser um mensageiro asteca o causador da confusão.

Ao ver o rei, o mensageiro desacelerou o ritmo da desabalada corrida. Quase se afogando no próprio suor, aproximou-se de Montezuma. Ele tentou comunicar algo, mas a fala estava atrapalhada pelo ofegar de seus pulmões. Tomou fôlego, saindo então algumas palavras:

— Majestade, notícias da guerra no Norte.

Montezuma cerrou seus dentes, olhando com raiva o jovem. Nem uma semana ausente da capital, e as coisas já começavam a desandar, lamentava.

— Rapaz, não sei quem lhe deu ordens, e vou querer descobrir, mas já foi entregue essa mensagem não faz muito tempo.

— Não, Majestade... Esta é outra mensagem.

— Quem foi o inapto que ordenou mensageiros diferentes? Por que não foram mandadas juntas? — vociferou Montezuma.

— Majestade, a mensagem em minhas mãos chegou em Tenochtetlán um dia após a primeira. O Grande Conselho exigiu dos mensageiros toda a força de nossas pernas, ameaçaram nos enviar para a Ilha dos Cães se esta aqui não lhe fosse entregue rápido. Disseram ser bem mais importante que a outra. Nunca, nem eu e os demais mensageiros corremos tanto, poderoso Montezuma.

Tomando o papel das mãos do jovem, o imperador passou a ler seu conteúdo. Ao fim da leitura, destilando a mesma concisão da mensagem anterior, o texto perturbou Montezuma.

Decisões. Será que os homens comuns tinham tanta dificuldade quanto ele para tomá-las? E se também era algo doloroso para as pessoas do povo, teriam elas pelo menos mais tempo para decidir-se? Montezuma não pôde responder. Neste instante, possuía apenas uma certeza avassaladora. Sentia não haver nada mais persistente dentro dele do que o desejo de desistir de tudo.

Sinalizou aos soldados que ficassem em formação, instruindo-os:

— O acampamento precisa ser imediatamente levantado, a seguir, marcharemos para Tenochtetlán, com poucas paradas. Quem fraquejar, eu mesmo carregarei nos ombros. Morto.

Dando meia-volta, os soldados dirigiram-se às tendas. Os dois últimos da fila foram retidos pelo rei.

— Vocês irão até a praia.

Os dois homens continuaram parados, aguardando por mais explicações. Mas Montezuma silenciou. Temeroso de não ter entendido algo, um dos militares perguntou:

— O que precisamos fazer, Majestade?

O imperador hesitou. Sua decisão já fora tomada; contudo, o caminho dela até os lábios era tortuoso:

— Queimem o barco.

Após a ordem, Montezuma apertou o passo, no intuito de alcançar a tropa. Havia uma grande guerra pela frente. Com sorte, intensa o bastante para que os conflitos dentro de sua cabeça fossem deixados de lado. Agora, precisava provar algo àquelas insolentes tribos do Norte. Conquistaria todas, bem como todas as terras que encontrasse. E quando todos os povos pertencessem ao império asteca, quando todos os homens se tornassem cidadãos, não restando mais nenhum escravo para os sacrifícios, Montezuma sentiria a coragem necessária para confrontar os próprios deuses e comunicar que deveriam arranjar outra diversão.

Enquanto o imperador supervisionava o desmonte do acampamento em Mazatlán, não tão distante dali, na praia da Ilha dos Cães, Hokan também era assolado pela tomada de uma decisão. Ponderava se valia a pena voltar à sua cabana e colocar para funcionar seus instrumentos de trabalho. Segundo Odin, demoraria ainda uma semana para a inundação da ilha. Talvez até pudesse levar o trabalho ao fim.

Mas não conseguia decidir-se. Seria válido terminar a obra, apenas para desaparecer junto a ela no mar, sem ninguém jamais ler a sua história? A história imaginada por ele, sobre um escriba asteca, que se encontrava numa aldeia sitiada pelos incas, incapaz de definir se depositaria ou não num manuscrito a ficção em sua mente, antes de a aldeia ser invadida e seus habitantes escravizados, perdendo, assim, todos os seus leitores.

Capítulo 7

Nunca deixei nenhum dos personagens, das centenas de livros que li, influenciar meu comportamento. Julgo tolas as pessoas que culparam Goethe por ter escrito seu pequeno livro a respeito do atormentado jovem Werther. Segundo seus detratores, a obra do alemão disseminou uma epidemia de homicídios na Europa. Que grande bobagem. Escritor nenhum pode levar uma pessoa à depressão ou a uma vida miserável; essas, sim, responsáveis por alguém desejar tirar a própria vida. Considero também levianos os ataques contra John Milton, em relação aos seus revolucionários escritos pró-divórcio. Ninguém que faça parte de um casamento feliz cogitaria desfazer sua união por causa dos textos de Milton. Até um cego poderia ver isso.

Da mesma forma, é injustificável a censura imposta a alguns poetas parisienses que conheço. Pobre Baudelaire. Estava ainda em Santos, quando recebi a notícia de sua morte. Que triste cadáver endividado não deve ter deixado! Em vida — assim como Gautier, Rimbaud e Mallarmé ainda são —, Charles foi perseguido por sua prosa maldita e alguns hábitos não muito saudáveis. Entre outras coisas, acusavam esses senhores de incentivarem os leitores a consumirem haxixe e ópio, "o gosto pelo infinito", como o próprio Baudelaire diria. Não nego que algumas fumaças de cheiros estranhos devem emanar dos encontros desse grupinho, mesmo já sem Charles; contudo, sempre que me sentava com um de seus livros à mão, jamais senti vontade de tomar nada mais forte do que o bom e velho chá preto inglês.

Ininfluenciável por qualquer escritor, contemporâneo ou não, por que agora eu sou contaminado pelo texto que leva a minha própria assinatura? Por que sinto o invencível desejo de imitar a decisão de Hokan? Sua vontade não foi registrada no papel, e nunca será, mas eu a conheço. Conheço-a porque brotou de um insolente piolho asteca que um dia correu em meu cérebro, em minha alma. E essa escolha selou seu destino. Sendo assim, Hokan não mais existe, nem sua ilha ou os impérios asteca, maia e inca; todos afogados num dilúvio de desesperança. Para esses personagens, reservo o pior dos destinos: o abismo de uma obra inacabada. Destino que compartilho.

Sentado aqui na praia, olhando para o horizonte, não vejo salvação para mim. É como se eu tivesse convencido a mim mesmo da existência de monstros marinhos nos oceanos, impossibilitando a chegada de socorro. Vou morrer nesta ilha, não tenho dúvida. Sinto-me como uma castigada cobra, sem direito a mais uma mudança de pele. Fui deixado aqui, com meu último e amargurado couro.

Amaldiçôo o fato de ter me lembrado de Milton, Goethe e Baudelaire. Como desejo agora um livro! Não escrever um, de forma alguma, mas ler algo que não tenha sido redigido por mim. Sinto quase tanta vontade de correr meus dedos pela lombada de um livro quanto anseio acariciar novamente a pele de uma bela mulher. Ao passo que minhas mãos forçosamente tomaram o lugar de uma companhia feminina, o que pode substituir um livro? Poderia rezar para que chegasse até esta praia um manuscrito dentro de uma garrafa, mas, com a minha sorte, se aqui aparecesse um, estaria em japonês. Ou outro texto grafado em algum idioma escandinavo.

Mas não preciso me preocupar com isso. Nenhuma embarcação ou garrafa atracará na ilha, do mesmo modo que nenhum pássaro está caindo na armadilha montada há alguns dias. Como não me recordava de como armar a engenhoca ensinada por um amigo africano, resolvi eu mesmo criar uma. Alguém que escreveu tantos livros sobre os mais diversos assuntos deve ser mais do que capaz de construir algo tão simples como uma armadilha para pássaros. Nada mais lógico. Infelizmente, as aves não parecem pensar o mesmo.

Resta-me voltar à velha rede de pesca, que teve sua eficiência comprovada centenas e centenas de vezes. Como sempre, não nos deixa na mão: retiro duas corvinas grandes e uma cavala de porte pequeno. Ultimamente, não temos consumido nem metade dos animais apanhados. Nikolai, que costumava ingerir peixes com a voracidade de um urso pardo, agora mal pode se alimentar. Nestes últimos dois dias, não conseguiu comer nada.

Nikolai está morrendo. Os ferimentos internos sofridos no naufrágio suspenderam a trégua, e eu não tenho a menor idéia de como salvá-lo. Entre todos os campos que domino, não está a medicina. Conheço apenas algumas ervas capazes de curar ferimentos externos ou desarranjos. No caso do brasileiro, a única coisa que parece ser útil é uma boa dose de morfina para amenizar seu sofrimento. Mas não há papoulas neste lugar. Apenas um escritor sem leitores e um pescador moribundo, vigiado por uma silenciosa matilha de cães de madeira.

Quando consegue erguer-se, caminha por aí, espalhando essas peças pela ilha. No fim, preciso carregá-lo inconsciente de volta à cabana. Culpo-me pelo pouco de raiva que continuo sentindo de Nikolai. Já ele, nunca demonstrou rancor pela tainha arremessada, nem sequer comentou algo a respeito. Um dia depois do incidente, voltava a dirigir a palavra para mim, como se nada tivesse acontecido. Eu é que levei dias para falar com ele.

E, no fim, nunca chegamos a trocar nenhuma palavra ofensiva. Foi atirada uma tainha em sua barriga. Só.

Chegando na cabana, constato que ele esculpiu mais um cão antes de adormecer na areia, cercado por outras de suas obras, todas idênticas. Com a face para cima, Nikolai ronca. Um hálito pútrido escapa de sua boca aberta. Posso sentir até de onde me encontro. A morte já está próxima demais desse homem para conseguir disfarçar seu odor pestilento. Nós dois sabemos disso.

Dessa forma, por que ele dorme ostentando este semblante sossegado, como se estivesse no meio do mais reconfortante dos sonhos? Enquanto eu possuo um sono intranqüilo, apagando somente após o dia tornar-se um grande peso em cima das minhas pálpebras, Nikolai repousa qual uma criança. E não é só inconsciente que ele demonstra paz. Se ainda há um laivo de esperança nesta ilha, ela reside no brasileiro. Mesmo cego e enfermo, algo mantém sua serenidade. Desde o primeiro dia na ilha é assim.

O som dos gravetos friccionando-se, no momento em que tento acender a fogueira, desperta-o.

— Bom-dia, Burton.

— Já é a terceira vez que nos vemos hoje. E não falta muito para anoitecer.

— Deve ser a febre. É como se tivesse um sol danado esquentando a minha pele durante o dia inteiro.

— Está sentindo dor?

— Um pouco. Mas não se preocupe, não é contagiosa — brinca Nikolai.

— Espero que consiga comer um pouco, desta vez.

— Meu amigo, se a tua armadilha para aves tivesse dado certo, comeria até mesmo um daqueles bichos que me falou... Comeria até um avestruz. É isso aí. Mas peixe, acho que vou esperar mais um pouco para voltar a aceitar.

— Vou assar as corvinas e a cavala, daí você decide.

— É uma lástima esse tal de avestruz não voar. Imagine, Burton, um bando pousando aqui na ilha, fazendo as migrações deles. De que tamanho ficavam mesmo?

— Da altura de um homem.

— Bom... Nem precisava um tão grande. Um filhote estava bom. Burton, eu estive pensando, não estaria na hora de mudarmos o acampamento de lugar? Talvez mais para perto dos recifes.

Não consigo evitar de achar estranho o termo que Nikolai emprega: acampamento. É assim que ele sempre se refere ao local onde estão nossas cabanas. Acostumado a uma vida passada a maior parte dela em expedições, qualquer barraca significava um acampamento para mim. Mas, na ilha, nunca consegui usar essa palavra. Porque, aqui, ele nunca será levantado para longe.

— Terei bastante trabalho para remontar nossas barracas, mas tudo bem, posso fazer — respondo.

— Esqueça. Também não tinha muita importância.

— Nada aqui tem, Nikolai.

Ele movimenta a cabeça, contemplativo, como se a minha frase ainda estivesse flutuando à sua frente. Fico surpreso por sua reação. Não esperava que meu desabafo resvalasse em qualquer coisa séria dentro dele.

— Não damos muito valor para esta ilha, não é, Burton? Não a tratamos como ela merece. Já percebeu que nem um nome ela tem? Na minha cidade, até o mais danado dos homens é batizado, e a terra que nos salvou tratamos como uma bastarda — diz Nikolai, genuinamente comovido.

— Essa ilha é tão pequena, que se colocássemos uma nome ela afundaria.

— Não duvido, Burton. Não duvido. Mas, por favor, sugira alguma coisa.

— O único nome que consigo pensar é usado por outra ilha.

— Onde ela fica?

— Na verdade, o lugar nem mais existe.

— Sinto por quem morava lá.

— Acredite, talvez você não sinta. Com certeza, você não sente. De qualquer forma, não tem mais importância — desconverso, sentando-me próximo ao brasileiro. Distraído, apanho um de seus cães de madeira.

Então, ainda com a guarda baixa, permito escapar suavemente de meus lábios uma pergunta polida pelo tempo:

— Por que esculpe estes cães, Nikolai?

— Gosta deles?

Minha vontade é dizer que não, todavia, sendo sincero, nunca emiti para mim mesmo nenhum juízo de valor sobre eles. Sempre os considerei bem-feitos, mas jamais cogitei se gostava ou não deles. Olho o exemplar que seguro entre meus dedos, minuciosamente. Abrindo mão de uma vingança atrasada, respondo:

— Sim, gosto deles.

— Obrigado, Burton — exclama Nikolai com alegria, sem nunca ter revelado tantos dentes num sorriso como agora.

— Mas qual é o motivo de produzir esses cães?

— É o que mais gosto de fazer e também o que faço melhor. Em São Francisco, trabalhava como pescador para ter o que comer e vestir. Mas, se fosse possível, passaria a vida só esculpindo. E agora é. Tenho até alguém para trazer os peixes até mim e assá-los, não é, Burton?

— Não entendo... A respeito dos cães, por que faz sempre o mesmo animal?

— É só o que sei, nunca tentei esculpir mais nada.

— Se são tão importantes, qual é a razão de jamais ter perguntado a minha opinião sobre eles?

— Eles são importantes para mim, talvez não fossem para você. E, no mais, o cego aqui sou eu. Sempre soube que você já tinha visto meus cãezinhos.

Com descrédito, balanço a minha cabeça. Mas preciso ainda fazer uma pergunta, antes que a resposta desapareça desta ilha.

— Nikolai... Lembra da história que li para você, muito tempo atrás?

— História...

— O livro que eu estava escrevendo. Mostrei a você lá...

— Sim, lá nos recifes.

— Exato. Que começa...

— Com um figurão em cima de uma torre.

— Isso mesmo! Já que se recorda da leitura de meu manuscrito, gostaria de perguntar o que achou da história?

— Olha, teve um trecho, logo no começo... Bom, achei uma baita duma besteira aquele negócio dos monstros marinhos. Talvez tenha errado na mão ali, Burton — opina Nikolai, rindo bastante.

Ele pára de rir, e continua a falar, assumindo um tom solidário:

— Mas não se preocupe, este mundo precisa tanto de alguém que saiba assar um bom peixe, assim como precisa de alguém capaz de esculpir um belo cão. Há lugar para esses dois tipos de talento, meu amigo.

Novamente, meneio a cabeça. O pior é que ele está, de coração, tentando me consolar.

Eu, Richard Francis Burton, o primeiro fiel tradutor das *Mil e Uma Noites* e do *Kama Sutra,* o primeiro ocidental a adentrar as cidades sagradas do Islã, o descobridor dos lagos Vitória e Tanganica, entre outros feitos, serei lembrado por Nikolai, até a sua morte, como um exímio assador de peixes.

Sinto algo brotando em mim, e não está se alastrando com o ardor inerente à raiva. É algo muito mais suave. Com gosto, sorrio. O que começa como uma garoa de risos transforma-se numa tempestade de gargalhadas, e Nikolai não tarda a juntar-se a mim na algazarra. Conversamos até as primeiras horas da madrugada. Acabamos os dois comendo os peixes que assei. Até mesmo a cavala, que, infelizmente, deixei queimar um pouco.

No outro dia, parti para instalar a rede nos recifes. Ao fim da manhã, apanhei quatro palombetas. Depois de tanto tempo, não precisava mais das instruções de Nikolai para dar nomes aos peixes. Desde que estamos aqui, foram exatamente cento e cinqüenta e três tipos que caíram na rede. Acredito que, para a maior parte deles, meu amigo inventava os nomes. Seja como for, era mais prazeroso saber o que estávamos comendo. O nome era o único tempero de que dispúnhamos.

As palombetas foram a última janta de Nikolai. Na manhã seguinte, voltou a rejeitar os alimentos e a sangrar por dentro, sobrevivendo somente mais dois dias. Minhas mãos ficaram em carne viva ao cavar seu jazigo. Mesmo há semanas sem comer direito, ele ainda manteve um grande peso no fim de sua vida, sendo preciso um enorme buraco para depositar seu corpo.

Não foi o único funeral providenciado nesta semana.

Procurando por cipós para confeccionar uma nova rede de pesca, acabo literalmente pisando na ossada do nórdico. O bracelete e um colar, com inscrições na mesma língua do manuscrito, comprovam minha teoria de que seu autor terminou morrendo na ilha, vítima de alguma doença ou velhice.

Um enorme esqueleto. Sem carne e pele que me permitam conhecer sua aparência, e desprovido de um código para eu traduzir as páginas que escreveu, é tudo o que esse nórdico é agora para mim: um enorme esqueleto.

Examinando seus restos mortais, vejo que não há vestígio de nenhum objeto perfurante. Deve ter tido realmente uma morte natural, o que já é um grande feito: resistir à tentação de um suicídio nesta ilha. Além disso, mesmo sem uma pessoa para ler os escritos que produziu, ele parece ter empunhado sua pena até o último dia de vida, levando em conta o volume de folhas escritas.

Durante vários dias e noites, recolho madeira para erguer uma pira funerária digna de seus ancestrais vikings. Na areia da praia, ao redor da pira, desenho um navio. Deposito seu esqueleto em cima do monte e acendo o fogo.

Pretendia jogar na fogueira seu manuscrito, mas então compreendo que não é a coisa mais certa a fazer. Se fizesse isso, com certeza meu amigo escandinavo pularia da garupa do corcel cavalgado por sua valquíria e viria aqui chutar meu insolente rabo inglês. Prometo a ele, e a mim mesmo, que preservarei seus escritos.

Capítulo 8

Estou há anos na ilha. Não posso precisar quantos, já que faz um tempo indeterminado que deixei de marcar os pores-do-sol no tronco de uma palmeira próxima a meu acampamento. Hoje finalizei minha obra. Das centenas de folhas de que dispunha, sobraram ainda duas para a dedicatória a Camões.

"Para o grande Luís Vaz de Camões". Acho que ficou bom, era realmente só isso: simples e direto. Resta uma página em branco para a próxima história, dessa vez bem pequena.

Terminado o manuscrito, olho para o rubro sol poente que mergulha no oceano. Pela primeira vez em anos, tenho esperança de que algum navio avistará a ilha. Como se tivessem sido temporariamente extintos de minha mente todos os monstros marinhos que devoravam a crença em um resgate. Pelo menos por hoje.

Amasso a dedicatória.

"Para o grande Camões e Nikolai. E para um nórdico desconhecido, mas valoroso". Assim está melhor.

Tenho ainda mais uma história para contar. Só que precisarei escrevê-la na areia da praia. Submetendo-me todos os dias à crítica cega das ondas que quebram na Ilha dos Cães.

Impresso no Brasil pelo
Sistema Cameron da Divisão Gráfica da
DISTRIBUIDORA RECORD DE SERVIÇOS DE IMPRENSA S.A.
Rua Argentina 171 – Rio de Janeiro, RJ – 20921-380 – Tel.: 2585-2000